L'Échange

André Raynaud

L'Échange

La loi n'autorisant, aux termes des alinéas 2 et 3 de l'article L. 122-5, d'une part, que les copies ou reproductions strictement réservées à l'usage du copiste et non destinées à une utilisation collective et, d'autre part, que les analyses et de courtes citations dans un but d'exemple ou d'illustration, toute reproduction intégrale ou partielle faite sans le consentement de l'auteur ou de ses ayants droit ou ayants cause est illicite (art. L. 122-4).

Toute reproduction ou représentation, par quelque procédé que ce soit, constitue une contrefaçon sanctionnée par les articles L. 335-2 et suivants du Code de la propriété intellectuelle.

© 2014 André Raynaud

Modèle d'illustration : Mazarine Villeneuve

Edition : BoB – Books on demand
12/19 rond point des Champs Élysées
78008 Paris

Imprimé par : BoB – Books on demand, Norderstedt

ISBN : 978-2-3220-3425-3

Dépôt légal : Mars 2014

*Un père et passe,
entre deux mères,
Dieu reconnaîtra les chiens.*

Pascal Garnier
(dans Les Insulaires)

Il n'est certainement pas besoin de le dire, c'est mieux en le disant, ce roman est une pure fiction n'ayant aucun rapport avec une quelconque réalité. Toute ressemblance des personnages avec des personnes existantes serait purement fortuite. Certains lieux-dits ou propriétés, villes ou villages cités, existent bien, mais aucune des actions du roman n'en fut le théâtre. D'autres sont purement imaginaires.

Chapitre 1

Avant l'accouchement, si vous aviez été un peu plus curieux ou pressés de connaître le sexe du bébé, nous n'en serions pas là !

La gamine pleure silencieusement, de grosses larmes coulent sur son visage. Un bout de fille, un peu petite pour ses quatorze ans. Son visage légèrement empâté a des traits assez fins, ses cheveux légèrement bouclés en bataille, pour ne pas dire emmêlés, tombent sur ses épaules et ses yeux marron la font paraître plus jeune.

La femme assise près d'elle ressemble à la jeune fille : grande, les yeux identiques, la même jolie forme de visage. Ses cheveux courts et quelques rides ne suffisent pas à dissimuler un évident air de famille.

— C'est Adrien qui ne voulait pas savoir, je n'ai pas osé insister. À son avis, nous attendions un garçon. Pardonne-moi Danie !

— Comment pardonner une chose pareille ! Aujourd'hui, ce manque de curiosité est dramatique pour moi et pour le garçon Dany aussi, sans doute.

— Je sais, Adrien est trop dur avec toi. Il est très attaché au gamin. Je ne l'excuse pas, mais il faut le comprendre.

— Je veux retourner chez moi ! crie la petite. Même si ce n'étaient pas mes vrais parents, eux, ils m'aiment, !

— Danie, ce n'est pas notre faute, tu le sais.

— Facile à dire ! Une mère qui ne s'est aperçue de rien. Tu n'as même pas vu la substitution.

— Nous n'avons pas eu de doute et aucune raison de nous méfier. Adrien était si content d'avoir un garçon !

— Adrien ! Adrien ! et toi, tu n'y étais pas à ton accouchement peut-être ! Et les autres non plus ? Personne n'a rien vu, je suppose ! soupire la fille avant de s'effondrer.

La femme ne parvient pas à la consoler. Son désespoir fait peine à voir. Une bonne heure plus tard, elle est toujours prostrée.

— Raconte-moi comment tout a été découvert ! Mettre des mots sur les maux, n'est-ce pas une façon de les guérir ? demande la maman.

— C'est la même histoire que la vôtre, le divorce en moins ! Que puis-je dire de plus ? affirme la petite.

— Nous ne savons pas grand-chose. Même pas comment l'affaire a commencé. Le sais-tu ? demande la femme.

La fille, c'est moi, j'avais quatorze ans. J'étais désespérée par cette histoire presque incroyable. J'explique. Il y a eu un échange entre deux nourrissons à la maternité. Moi Danie, la fille, durant mes quatorze premières années, j'ai été élevée par les Lambert, une famille qui n'était pas la mienne. La même chose est arrivée au garçon Dany, avec les Duguet. Je me remémore cette histoire huit ans après sa découverte parce que aujourd'hui c'est un grand jour pour moi et, avec le recul et mes mots, c'est plus facile.

— Tout a commencé par le divorce. Mes parents, les Lambert, enfin ceux qui m'ont élevée jusqu'à maintenant, ne s'entendaient plus très bien. Ces derniers temps, madame Lambert, enfin Lucie mon ancienne maman, la fausse quoi, je suis un peu perdue, soulignait que je n'étais pour rien dans leur bagarre.

— Je ne peux pas lui donner tort ! accorde la femme.

— Hervé, mon faux père... excédé, juste pour contrer sa femme, a fini par dire devant le juge : « Est-elle réellement ma fille ? Tu es tellement pressée de la garder pour toi toute seule. Je finis par avoir des doutes. »

— Tu étais là ? demande Aline.

— Oui. Ma mère, enfin Lucie, a poussé les hauts cris. Elle a exigé un test afin de prouver à son mari que j'étais bien sa fille. Nous nous sommes retrouvés tous les trois dans un laboratoire pour une prise de sang. Je ne parle pas de la tête du juge le jour de la confrontation suivante.

« Je comprends mal, a-t-il annoncé, extrêmement gêné, les analyses ont été refaites plusieurs fois, le résultat est surprenant. Monsieur, Danie, n'est pas votre fille, mais elle ne peut pas être celle de votre femme non plus ! »

— Pauvre petite ! ronchonne Aline.

Je pleure dans les bras d'Aline, c'est ma vraie mère, elle vient de me récupérer après avoir élevé le garçon des Lambert pendant presque quatorze années.

— Une enquête a été lancée pour savoir d'où je venais. Le jour où je suis née, il y a eu trois naissances à la clinique : deux garçons Anthony et Dany et une fille Danie, moi ! La suite, vous la connaissez, vous avez été convoqués en premier à cause de la similitude des prénoms. Le résultat est tombé : moi, je suis votre fille et votre garçon est le fils des Lambert, voilà !

Nous nous sommes remises à pleurer toutes deux. Sur le passé, le présent ou l'avenir, notre chagrin mêlé de colère et de rancœur faisait peine à voir.

— Encore occupées à pleurer sur votre sort ! La table n'est même pas mise, rien n'est encore prêt. Tu manques à tous tes devoirs. Tu ne voudrais quand même pas que je le fasse moi-même ? se fâche Adrien, le mari d'Aline et mon père biologique.

Assez grand, un peu enrobé, l'homme présente un visage fermé. Ses cheveux tirant sur le gris frisottent. Ses manières autoritaires montrent clairement un caractère implacable, frôlant la méchanceté.

Sous le regard dur de son mari Aline essuie ses larmes et s'empresse fébrilement à la cuisine. Moi, je me suis sauvée dans ma chambre.

— Encore à consoler cette fille, tu n'as pas autre chose à faire ? invective l'homme.

— Tu es méchant avec elle, elle n'a rien demandé. Mets-toi à sa place. Tu imagines le bouleversement dans sa vie. Elle a vécu toute sa jeunesse avec les autres en les prenant pour ses parents. Du jour au lendemain, un juge lui ordonne de venir vivre avec nous, ses parents biologiques, à la place de notre garçon. Ce n'est pas facile pour elle.

— Pouvait rester là-bas, je n'aime pas les filles !

— Tu vas devoir t'y faire, Danie, notre enfant à nous les Duguet, c'est une fille. Le garçon Dany, c'est le fils des Lambert. Pauvres gosses, nous n'y pouvons rien. Crois-tu que cette situation plaît à une famille ou à l'autre ? Le mieux, c'était que l'on ne découvre jamais cet échange pratiqué à la maternité, nous aurions continué notre petite vie tranquille. Mais il en est autrement, c'est tout.

— Je m'en fous, notre enfant, c'est un garçon. Non, mais ! Une fille ! Je ne veux pas d'une fille ! se fâche Adrien.

— Tu ne veux pas d'une fille ! Eh bien, tu devras t'y faire. Le juge a simplement rétabli l'ordre des choses, à chacun sa progéniture. Moi aussi j'aime ce garçon. Que nous ne soyons pas ses parents, n'y change rien, avoue Aline.

— Mon fils, c'est mon fils, il n'y a pas à y revenir !

— Justement, ce n'est pas *ton* fils, ni le mien ! C'est celui des Lambert. Elle n'est pas gentille la petite Danie ?

— C'est une fille, une fille, tu comprends, je ne peux pas être le père d'un enfant de sexe féminin. Pas d'une fille !

— Et alors, nous sommes certains que c'est la nôtre, à tous les deux ! Fille ou garçon, je ne vois pas la différence.

Assise à mi-hauteur dans l'escalier, la tête calée entre les barreaux, j'écoutais cet échange. Je découvrais en même temps à quel point cet homme, pourtant mon père biologique, me haïssait pour avoir pris la place de son gars. Surtout parce que j'étais de sexe féminin comme il dit, ce qui pour lui est la pire des choses.

Pendant les années où j'ai vécu avec les Lambert, tout n'était pas rose, c'est certain. Toutefois, ils faisaient toujours attention à ce que je ne souffre pas de leurs disputes. C'est vrai, madame Lambert m'aimait bien et Hervé son mari, essayait toujours d'arrondir les angles.
Ceux que je prenais pour mes parents se disputaient pour un oui ou pour un non. Toutefois, je sentais comme une protection autour de moi. Chacun faisant de son mieux pour m'éviter de pâtir de leur mésentente conjugale.

Avec dépit, j'ai compris que mes nouveaux parents avaient mangé sans m'inviter à la table. Aline est montée me rejoindre avec un plateau bien garni, en s'excusant :
— Ce n'est pas après toi qu'il en a, c'est... enfin, c'est...
— Après le monde entier, je connais la chanson.
J'ai mangé avec un bon appétit malgré les circonstances. J'observais Aline, une femme soumise à un tel homme ne doit pas rigoler tous les jours. J'ai de la sympathie pour ma nouvelle mère, malmenée comme moi par cette histoire. Je ne sentais aucune hostilité de sa part, contrairement à son mari. Qui sait ? En secret, peut-être se réjouissait-elle de ce changement. Surtout si le sale caractère d'Adrien a déteint sur le garçon.

— Vois-tu, ce qui me surprend, avoue ma mère, c'est la rapidité de la décision du juge. L'enquête est en cours, mais l'échange à peine confirmé par l'ADN, vous avez dû vous installer dans vos vraies familles.

— Maintenant ou plus tard quelle importance ! dis-je.

— Quand même, nous aurions pu nous rencontrer, nous connaître un peu, cela facilite, surtout pour les jeunes.

— Bof ! De toute façon, je ne resterai pas ici, je marmonne dans ma barbe, dis-je avec conviction.

— Comment ça, tu ne resteras pas chez nous ! Tu veux revenir chez les Lambert ?

— Non, c'est impossible !

— Alors… où iras-tu ? questionne Aline.

— À la première convocation chez le juge, je vais lui demander m'envoyer dans une famille d'accueil ou un foyer.

— Mais… tu te rends compte de ce que tu dis !

— Suis pas idiote ! je m'insurge.

— En foyer, tu imagines ? s'étonne Aline.

— Ton mari ne nous fichera jamais la paix, ni à moi, ni à toi. C'est la meilleure solution, j'y ai pensé toute la nuit. Adrien me fait peur, je ne veux pas rester seule avec lui quand tu n'es pas avec moi, j'ajoute apeurée.

Voyant Aline fondre en larmes, je la prends tendrement par les épaules pour la rassurer. Et nous pleurons ensemble sur notre avenir incertain.

— Tu me laisserais ! Tu laisserais ta mère pour aller demander asile ailleurs, chez des inconnus ! Je ne te laisserai pas faire une chose pareille ! se révolte ma mère.

— Chez des inconnus ! J'y suis déjà et j'y suis visiblement très malvenue, tu peux le constater !

— Ne dis pas des choses affreuses, soupire Aline en me couvrant le visage de baisers. S'il te plaît, attend un peu avant de t'enfuir ! Pour moi, fais cela juste pour nous deux, s'il te plaît… ma fille !

— C'est bientôt fini vos idioties, le boulot ne va pas se faire tout seul, on crie du couloir avant d'entendre la porte d'entrée claquer.

Aline descend et se met au travail. Ses pensées sont moroses : son homme est impossible et sa fille, leur fille à eux, veut s'en aller. Si elle connaissait l'auteur de cette odieuse situation, elle l'étranglerait de ses propres mains. Une confusion à la maternité, comment est-ce possible ? En réfléchissant, c'est sa faute, c'est elle qui a insisté pour appeler l'enfant Danie ou Dany. Fille ou garçon le prénom convenait aux deux. Peut-être les Lambert ont-ils eu la même idée, ce qui a favorisé l'échange.

— Pardon Aline, s'excuse la fille en arrivant. Il est sorti ?
— Sorti, oui, il est allé bavasser et me casser du sucre sur le dos chez son vieux copain, il n'est pas près de rentrer. Je te rassure.
— Parle-moi de ton garçon. Enfin, je le connais un peu, il est dans mon collège, mais nous ne nous fréquentons pas.
— Je ne veux pas cancaner, pourtant il y en aurait des choses à dire. Entre son langage de charretier, le désordre qu'il sème dans la maison et son sale caractère. Comme son père, je parle d'Adrien, rarement un mot gentil et les câlins, même pas la peine d'en parler. Par contre, avec le vieux, c'était copains comme cochons, par moments, c'était tout juste si j'existais.
— C'est bizarre, je retrouve beaucoup de traits de caractère d'Hervé et Lucie, mes anciens parents, dans cette description. Toutefois, ils me traitaient en égale.
— Je n'ai aucune nouvelle. Il ne m'en donnera pas, je ne crois pas. Ce n'est pas son genre !
— Moi, je téléphone souvent chez Lambert, avoue la fille.

— Tu es une bonne petite. Dommage que tu arrives dans de telles circonstances. Il y a quatorze ans, j'espérais bien accoucher d'une fille, malgré la déception prévisible du vieux. Il me l'aurait fait payer toute ma vie.
— Dany a dû avoir une belle enfance, j'ajoute songeuse.
— Je peux te montrer nos albums de photos si tu veux. Tu n'es pas obligée...
— Bonne idée, montre-les-moi.

J'ai suivi chaque étape de la vie de famille des Duguet avec leur Dany. Il était avec son père comme moi avec ma mère. Deux enfances qui sont bien semblables pour un gars et une fille avec un prénom presque identique.

.

Chapitre 2

La semaine est passée dans une relative tranquillité. Adrien partait au travail de bonne heure. Le soir, il mangeait rapidement pour aller rejoindre ses amis. Je l'évitais, me réfugiant dans ma chambre pour ne pas rester en tête à tête avec lui. Il était satisfait de cette situation. À l'école, Dany promenait une trogne à faire peur en m'évitant soigneusement. Aux regards furtifs de sa bande de copains, je savais que j'étais le principal sujet des conversations et des moqueries. Toutes les filles me harcelaient pour savoir comment je vivais ce changement de famille. Prudente, j'en disais le moins possible. Ce regain d'intérêt me surprenait et me gênait. Je n'étais pas la plus jolie ni la plus aimée. À l'école, je subissais quelques moqueries de mes camarades. Mes petites rondeurs, mes lunettes pas très à la mode et mes cheveux rebelles, faisaient de moi une cible idéale. Je vous rassure, ce n'était pas très méchant, juste quelques railleries. De toute façon, je me fichais que l'on m'apprécie ou pas. Je parlais à ceux qui me parlaient, sans me vexer de ceux qui m'ignoraient.

Même si habiter mon livret de famille n'est pas une chose facile en ce moment, je savais qui j'étais et je n'avais nulle envie de paraître quelqu'un d'autre. Je n'ai jamais cherché à flatter les uns ou les autres, je n'étais ni effrontée ni désireuse de plaire. Malgré cet état d'esprit, je n'étais ni fâchée ni franchement copine avec personne. On me choisissait pour arbitrer les conflits, j'étais la bonne fille qui ne refuse jamais de participer ou de donner un coup de main. Dans toutes les écoles du monde, les élèves sont moqueurs. Un jour, le sac d'une fille nouvellement arrivée s'est malencontreusement ouvert dans le couloir. Un grand a chopé le doudou qu'elle y dissimulait pour le lancer à sa bande en se moquant d'elle. Dans ma situation, je savais trop ce qu'était le mal-être. Je me suis ruée sur le grand lui balançant mon cartable, rempli de bouquins, sur la tête avec toute la force dont j'étais capable. Finie la rigolade ! À moitié assommé, il a été conduit à l'hôpital.

Connu pour ses incivilités et son effronterie, on a estimé qu'il méritait mon coup de cartable. Maman a été convoquée et compte tenu de ma gentillesse habituelle, de ma situation présente jugée assez difficile, j'ai été exemptée de toute punition.

À entendre Adrien, c'était pire qu'un meurtre ! Moi, une fille, j'avais assommé un garçon, je méritais au moins la cour d'assises, voire la peine de mort ! Je n'ai rien dit à personne, mais c'est Adrien que je voyais brandissant mon doudou. Eh oui, j'en ai un posé sur ma table de nuit ! Cette vision a sans doute motivé cet afflux de férocité et la violence de ma réaction. Depuis, *les brimeurs* se méfient et *les brimés* viennent souvent se réfugier près de moi.

Jeudi, après les cours, je suis allée pour la seconde fois voir la psy. Une femme gentille et compréhensive. Enfin, comprendre, c'est son travail. Je m'installe et elle me laisse parler. Inutile de dire que je fais très attention à ne rien dire pouvant nuire à quelqu'un, en premier lieu à moi. Je sais très bien qu'elle doit rendre un rapport au juge d'instruction et au juge des enfants. Eh oui, j'en ai deux : l'un enquête sur l'échange des nourrissons et le second surveille les deux familles. Il n'en manque plus qu'un troisième pour tenir à l'œil ces deux-là !

— Aujourd'hui, parle-moi de toi, dans ton ancienne famille, maintenant devenue celle du garçon, enfin, de chez les Lambert, propose la psy, dès mon arrivée.

J'hésite un instant. Je croyais sa curiosité davantage tournée vers ma nouvelle vie. Elle attend sûrement la suite pour faire le parallèle et tenter de trouver ce qui est le mieux, enfin, à son avis ! C'est amusant, après un départ difficile, je suis très bavarde.

— Du haut de mes quatorze ans, je me croyais grande, adulte en quelque sorte. Je constate combien il est commode de paraître forte et responsable quand tout est facile.

— Ah ! alors c'est difficile pour toi ?

— Mettez-vous à ma place, imaginez le bouleversement ! J'y ai pensé l'autre nuit, j'ai appelé les Lambert papa et maman durant toute ma vie, aujourd'hui, ils me fuient me jugeant responsable de la situation. De ce côté-ci, Adrien Duguet me hait et il ne s'en cache même pas. Il est pratiquement impossible d'imaginer sa rancœur, sa haine, aiguisée par son dégoût avoué pour les enfants de sexe féminin. Il a hurlé à sa femme : « je n'en veux pas, c'est une fille, une fille, tu ne comprends pas ! C'est une fille ».

— Tout le monde est un peu dépassé par la soudaineté de tous ces événements, tente de modérer la psy.

— Je l'admets, toutefois, il ne tolérera jamais cette situation, je le sais parfaitement, il est bien trop borné. Être père d'une fille, pour lui, c'est contre nature et une chose parfaitement impossible.

— Ce n'est pas ta faute, tu étais bébé. Ce n'est pas non plus à cause d'une famille ou de l'autre, souligne la psy.

— Je crois comprendre qu'un hasard malheureux a présidé à cette substitution. Pour moi, hasard ou pas le résultat est identique. Je suis assise entre deux chaises !

— Chacun va faire un effort et tout va s'arranger, propose la psy, tu veux bien y mettre du tien.
— Je connais le discours ! J'en ai marre ! Me plier aux idées d'un autre âge d'un type à moitié fada. Supporter, encaisser pendant je ne sais pas combien de temps, c'est au-dessus de mes forces. Je n'ai rien fait pour être punie à ce point. Mes efforts ne changeront rien à rien. Je ne veux pas souffrir et me battre pour que dalle. Ne pouvant revenir chez les Lambert, au bout du compte, on m'enverra dans une famille d'accueil ou un foyer.
— Tu ne veux même pas essayer ?
— Hors de question ! S'il y avait le moindre espoir, je tenterais peut-être le coup. Avec lui, ce n'est même pas la peine. S'il change, cela se saura : il sera mort ou ce sera le jour de la fin du monde !
— Tu parleras au juge lors d'une prochaine convocation.
— Je n'ai rien à lui dire. Vous me voyez clamer, « je veux me tirer » devant Aline et Adrien ! Triomphant, le vieux quitterait le bureau en disant « enfin débarrassé, bon vent ». Il n'attend que cela.
— Le juge te recevra en privé, ne t'inquiète pas !
— Parfois, la nuit, je le vois m'abandonnant au milieu de nulle part, attachée à un arbre comme un chien que ses maîtres abandonnent à la veille des vacances.
— Tu parles beaucoup de la nuit. Dors-tu au moins ?
— Un peu. Cette chambre de garçon me gêne, je m'y sens mal. Dans le restant de la maison aussi d'ailleurs et même avec les gens qui y habitent, j'ajoute.
— Pourtant, tu es *chez toi* !
— Ne me resservez pas le couplet : ce sont tes parents et tout le reste. Mes parents, ce sont les Lambert, ce sont eux qui se sont occupés de moi depuis que je suis née. Ils m'ont consolée, soignée et aimée un tant soit peu. Les Du-

guet ne les remplaceront jamais. Ils me détestent et me reprochent sans cesse de prendre la place de leur fils.

— C'est une dure épreuve pour vous tous, il faut un peu de bonne volonté de part et d'autre. Puis-je compter sur toi ? s'informe la psy.

— Je préfère me taire, dis-je butée.

— Comment cela se passe maintenant, es-tu mieux considérée par ton père ?

— Le jour où il change, vous le saurez avant moi, je l'ai déjà dit.

— Tu ne parles de rien à propos du collège. Tout s'y passe bien, je suppose ?

Son petit sourire m'informe immédiatement qu'elle connaît le coup de cartable. Toutefois, elle ne semble pas afficher un air de reproche.

— Je subis trop d'injustices et de brimades pour rester insensible à ce genre de jeux, j'attaque immédiatement. Vous êtes psy, vous soignez le brimé avec des mots, je trouve beaucoup plus efficace d'assommer le brimeur. Chacun sa méthode !

— Je ne peux pas te suivre sur ce chemin. Évite de recommencer, le juge n'apprécierait pas ! J'espère que ta méthode a apporté ses fruits !

— Complètement ! Les cadors se méfient !

— C'est bon pour aujourd'hui, à jeudi prochain, du calme d'ici là, s'il te plaît !

À chaque fois, je sors démoralisée de son cabinet. Sa rengaine, sa promesse d'amélioration, je la connais par cœur ! Et je sais combien elle est utopique.

Les familles furent effectivement convoquées chez le juge. Chacune d'un côté du couloir, elles s'observèrent avec

méfiance. Le greffier appela les parents Duguet et Lambert. Je me suis retrouvée seule face à Dany.
— Ça va toi ? demandais-je pour dire quelque chose.
— Pas terrible et toi ? répondit Dany.
— Moi non plus, ton père, enfin, Adrien ne peut pas me voir en peinture !
— Je m'en doute, il est assez mauvais parfois, avoue le garçon. De mon côté, je ne me plains pas trop, les Lambert sont désolés de tout ce micmac, mais ils me fichent la paix. Ils t'aiment bien, ils parlent de toi et te regrettent souvent.
— Tu as de la chance, si l'on peut parler de chance dans cette histoire. Je vais demander un placement ailleurs.
— C'est vrai ! Où iras-tu ? questionne Dany étonné.
— N'importe où, loin d'Adrien. En foyer, je m'en fiche.
— Je voulais te demander un petit service, je peux ? avance Dany.
— Bien sûr.
— Tu peux me donner l'affiche bleue de ma chambre, elle est dédicacée, j'y tiens. Les autres, tu peux les garder. Tu veux bien me la faire passer ?
— Tu peux venir le chercher toi-même. Tu sais, je n'ai rien contre toi. Aline sera sans doute heureuse de te voir.
— Je ne veux pas créer d'ennuis supplémentaires, il y en a déjà assez comme ça ! se récrie le garçon.
— Tu viens quand le vieux n'est pas là. Et s'il est là, tu as le droit de récupérer tes affaires.

Les parents sortent et Dany est appelé. L'ambiance du couloir est plus froide que l'intérieur d'un congélateur. Une demi-heure plus tard, Dany sort, il me regarde en haussant les épaules. On m'appelle. Tendue, j'entre dans le bureau, après un bonjour à la ronde je m'assieds directement face au juge.

— Je demande à être placée en foyer le plus rapidement possible. Je souhaite simplement rester dans le même collège, c'est tout.
— Tu as l'air décidé ! constate le juge.
— C'est urgent, si vous voulez éviter un drame.
— Un drame, tu…
— Rassurez-vous, j'ai une forte envie de vivre, je souhaite simplement passer ma vie ailleurs, c'est tout ! Le drame sera à mon sujet, mais entre Aline et Adrien.
— Ce n'est pas aussi simple que tu le crois. Le meilleur endroit pour une enfant : c'est dans sa famille.
— Sur vos papiers, peut-être ! Dans ce que vous appelez ma famille, c'est monter l'escalier d'un calvaire à genoux. Je n'ai ni la vocation ni la culture du martyre, je m'indigne.
— Ce n'est pas une solution, rétorque le juge.
— Trouvez-en une autre ! Renvoyez-moi chez les Lambert, par exemple !
— Impossible, tu le sais très bien.

Encore une fois, j'ai expliqué ma situation face à Adrien. Je n'ai pas convaincu le juge. Il m'a proposé d'attendre gentiment sa prochaine convocation. Un avocat m'assistera, stricte application de la loi, m'a-t-il affirmé. Pour mettre fin à l'entrevue, il m'a demandé de céder la place à Adrien et Aline Duguet. J'ai vite compris que nous courrions à un affrontement. Les reproches vont buter Adrien et qui va déguster ? Nous : Aline et moi.

Dans le couloir, j'ai retrouvé Dany et ses parents. Lucie m'a prise dans ses bras en pleurnichant. Hervé se reprochait cette affaire. Je suis allée m'asseoir un peu plus loin pour réfléchir à la situation. Dany m'a rejointe.
— Je peux venir chercher mes affiches, c'est vrai ?
— Quand tu veux ! Enfin, un moment où le vieux est au travail, ce serait plus simple pour nous tous.

— Je suis désolé de tout cela. Pour moi, c'est assez facile. Tu es à la mauvaise place dans cette affaire, c'est dommage, reconnaît Dany.

Adrien, sortant en vitesse du bureau, est passé devant nous, raide comme un piquet, sans un regard pour personne. Tout le monde est parti, j'étais seule à attendre Aline. Elle est sortie trente minutes plus tard, en larmes.

Nous sommes restées un moment à sangloter dans les bras l'une de l'autre. J'avais de la peine pour Aline. Elle subissait la situation de plein fouet et se trouvait entre Adrien et moi. Si j'allais en foyer, pour elle rien ne serait réglé, l'objet de la discorde ne serait plus là, Adrien si !

— Tu resteras avec moi quand je travaille, ce sera plus facile pour toi, tu n'auras plus peur. Nous serons bien toutes les deux. Le vieux est ignoble, limite tortionnaire avec toi, sache que je t'aime beaucoup, insiste Aline.

Aline est gouvernante d'un établissement Pension-Famille. Elle ne fait ni la cuisine ni l'entretien, elle est gérante, comme la patronne, en quelque sorte. Un peu hôtel, un peu pension de famille, des clients y logent quelques jours, d'autres sont là depuis plusieurs mois. Nous, nous habitons un logement aménagé dans les anciennes écuries. L'idée d'être avec Aline quand je ne suis pas au collège, me plaît bien. Je suis un peu rassurée. Dans la maison avec Adrien, même en sachant qu'il ne s'en prendra pas à moi physiquement, je ne suis pas en confiance.

Chapitre 3

La semaine suivante, Aline m'a amenée en ville pour m'acheter quelques vêtements. J'avais tout apporté de chez les Lambert, seulement j'ai grandi, ma garde-robe est devenue un peu juste. Nous avons acheté un pantalon, une robe et deux ou trois petites choses. Le lendemain Adrien a commencé à ronchonner.

— Alors la miss, tu n'as pas encore fichu le camp ! Tu me déçois. Je croyais que le juge allait te coller à l'orphelinat, a-t-il affirmé avec sérieux.

— Fiche-lui la paix, tu ne la vois pas beaucoup.

— Je ne la vois pas ! Mais mon porte-monnaie se vide, elle coûte à manger, à habiller et tout cela pour une chochotte de gamine !

— Puisqu'elle te gêne, nous mangerons toutes les deux avec les clients, comme cela, tu ne nous verras pas ! s'indigne ma mère.

Finalement, il est parti chez son ami. Je ne connais pas cet ami, toutefois je conçois combien il doit être patient et compréhensif pour le supporter.

Le dimanche, nous mangeons avec les clients sur une petite table dans un coin de la salle de restaurant, une sorte de tradition dominicale. Adrien assis en face de nous, dénigrait tout, il lançait des menaces et des insultes à mon encontre. J'ai fini par répondre.

— Si vous ne voulez plus de moi, allez-le dire au juge, je suis d'accord pour m'en aller d'ici depuis longtemps !

— Tu crânes parce que tu sais qu'il est de ton côté ! affirme-t-il avec sa véhémence habituelle. En plus, il faut t'habiller ! Elle a coûté combien cette robe que tu portes comme un sac de patates.

— Adrien, tu vas te calmer, les clients n'ont pas besoin de mesurer ton avarice, se fâche ma mère. Cette robe lui va très bien.

— Mes sous habillent une fille, j'en ai honte !

Ma patience était à bout, ma colère a pris le dessus. J'ai défait les trois boutons du haut en disant :

— Elle ne te plaît pas cette robe ! Aucune importance ! Je te la rends, je crie, et dans un même mouvement, je la passe au-dessus de ma tête et la lui jette à la figure.

Après ce coup de colère, moi la pudique Danie, je me retrouve en culotte devant toute la salle. Avec un calme dont je me croyais incapable, je gagne la cuisine où une femme de service m'enroule dans une nappe.

Adrien est resté tout bête devant cette réaction. Les convives se sont levés en applaudissant. Honteuse, j'ai regagné ma chambre pour enfiler rapidement un pantalon et un tee-shirt, au cas où Adrien viendrait me faire une scène. Il n'est pas venu.

Aline m'a rejointe. Après un instant d'embarras, elle a éclaté de rire. J'ai ri aussi quand elle m'a raconté l'air consterné de son mari devant la réprobation générale.

— Voici la robe, tu peux la remettre, il ne t'ennuiera plus.

— Si tu le dis, je suis censée te croire...

— Je ne suis pas venue pour bavarder. Je n'ai pas fini mes comptes, je m'y mets.

Elle sort un ordinateur portable et commence son travail.
— Nous sommes dimanche, tu ne vas pas travailler un dimanche ! je m'indigne.
— Faut bien, je n'arrive pas à me faire à ces comptes informatisés, avoue-t-elle.
— Tu as mis une jolie photo en fond de bureau. Cette vue de l'auberge est jolie !
— Oui, c'est moi qui l'ai prise avec mon numérique.
— J'adore la photo, je m'empresse d'ajouter. Je n'ai plus d'appareil, j'utilisais celui de mon père… enfin d'Hervé.
— Tu peux utiliser le mien si tu veux. Il y a des choses à installer sur l'ordinateur pour les photos, mais je ne l'ai pas encore fait, je ne connais pas trop.

J'ai essayé l'appareil immédiatement. Il est correct, largement suffisant pour moi. Aline était soulagée de me voir occupée. Je n'arrive pas à l'appeler maman, pourtant elle le mérite. Elle reste ferme sur ses positions, prenant fait et cause pour moi, sans faillir. Et Dieu sait combien il est difficile de tenir bon face à un mari aussi acharné à me faire déguerpir de la maison.

J'ai tout photographié, sous tous les angles. J'ai même refait la photo de l'auberge avec un premier plan et un joli angle de vue. Cette photo a beaucoup plu à Aline. Tirée en grand format sur du vrai papier photo, elle est accrochée au mur de la salle à manger de l'auberge dans un beau cadre. J'en suis très fière et, pour une fois, aucune critique de l'homme de la maison.

Dany est venu récupérer son poster et quelques affaires.
— Je suis contente, affirme Aline en embrassant Dany, pour moi c'est une fête malgré ton caractère un peu effronté, je t'aime bien.

— Moi aussi, je t'aime bien, affirme le gamin, la larme à l'œil. Je ne te l'ai peut-être pas assez dit lorsque j'étais là !

Pour couper court aux épanchements, j'ai entraîné Dany dans ma chambre, qui a été la sienne depuis sa naissance. Aline nous a suivis.

— Ouah ! C'est un miracle ! s'exclame le garçon quand j'ouvre la porte. Quel ordre !

Je m'attendais à cette réaction. Ma chambre est rangée, rien ne traîne au sol, ni ailleurs. Aucun vêtement ne s'accroche nulle part. Les petites choses qu'il a laissées en partant sont alignées au cordeau dans un ordonnancement irréprochable. Le lit est fait au carré, la couette bien tendue. La taie bien tirée, pas un faux pli, l'oreiller est posé à la tête du lit.

— Quand la porte est ouverte, Adrien râle en passant, ajoute Aline, tout lui est bon :

« Une sorte de maniaque, remplie de tics et de tocs, ronchonne le vieux. C'est pour mettre la honte à mon fils, c'est tout. Pour nous faire croire qu'elle est meilleure que lui ! Cette chambre ressemble à une salle d'exposition de meubles à la foire de Paris. Une preuve de plus que les filles ne sont bonnes à rien, à part faire le ménage. »

— C'est vrai, tu fais fort ! J'espère que ce n'est pas une de ces maladies ? s'inquiète Dany.

— À vrai dire, je suis assez désordonnée. Je range avec soin pour qu'il n'ait pas de reproches à me faire. Tu vois, cela ne sert à rien, il trouve toujours une excuse pour crier contre moi ou Aline.

— Il trouvera toujours un motif, parfois je le comprends mal, reconnaît Dany.

— J'ai envie de tout chambouler ici, de faire comme... comme une explosion de désordre irréparable et de ficher le camp. Prends vite tes affaires avant que je ne saccage cette pièce, je menace furieuse.

Aline a pris un rendez-vous chez un ophtalmologiste, chez l'oculiste comme elle dit. Il m'a assurée que ma vue s'était améliorée avec l'âge. Je n'ai plus besoin de porter des lunettes en permanence. Une simple paire à mettre pour les travaux très minutieux suffirait. Aline a beaucoup insisté pour que j'opte pour des verres sans monture, plus fragiles mais beaucoup plus discrets. Enfin, si c'est bien pour la vue, l'esthétique, je m'en fiche.

Maintenant, je ne vais plus chez la psy qu'une fois par mois aujourd'hui, c'est le jour. Je m'installe dans le fauteuil et j'attends son bon vouloir.
— Je te trouve bizarre, fatiguée, tu n'es pas soignée ! Qu'est-ce qui ne va pas ? C'est Adrien ?
— Pas spécialement, c'est un peu tout...
— On raconte de drôle de choses. Si je ne te connaissais pas, je pourrais imaginer...
— Si c'est le vieux, il n'faut pas le croire !
— Ce n'est pas lui. Quelqu'un se trouvant à la Pension un dimanche midi, m'a signalé ce qu'il a pris pour une maltraitance, vois-tu de quoi je parle ?
— Je vois... très bien !
— Quoique un peu excessive, ta réaction est très logique. Tu as même obtenu le soutien des dîneurs.
— Ce n'est pas une raison, j'en tremble encore...
— De quoi trembles-tu, de ton audace ?
— Non, de rage et... de honte !
— Comment est-ce maintenant avec ton père ?
— Toujours pareil.
— Avec Aline ?
— Très bien, elle est gentille. Heureusement, elle est là avec son caractère en or et sa générosité à revendre, elle me remonte le moral quand je touche le fond. Sans elle, je me serais déjà sauvée...

— Ta santé m'inquiète, tu as maigri, tu as l'air maladif et tu sembles te laisser aller. Je n'aime pas cela. Si tu as quelque chose à me dire, je suis là pour l'entendre. Tu n'es pas bien à l'auberge ?
— J'avoue, je m'y plais, il y a du monde, j'aide un peu. J'ai l'impression d'exister, d'être grande. D'un autre côté, je vis sur le qui vive, c'est assez difficile !
— Je sais que tu es combative. Je te revois la semaine prochaine, mettons jeudi.
— La semaine prochaine ? Déjà !
— Je préfère te suivre de près. En attendant, ne te laisse pas dominer, tout en restant raisonnable dans ta rébellion.
— Je n'ai pas envie de me déshabiller devant tout le monde encore une fois ! C'était une impulsion désastreuse.

Autant Adrien ne pouvait pas me sentir, autant Aline était gentille. Une certaine complicité grandissait entre nous. Pas besoin de le dire, Adrien faisait tout son possible pour tuer cette entente dans l'œuf.
— Te voilà du côté de cette fille ! Enfin, contre moi. Tu l'oublies, tu es ma femme, tu dois m'écouter, m'obéir et pas me contrarier !
— Tu l'as déjà dit l'autre jour ! J'ai cherché le texte que le maire a lu lors notre mariage, par exemple : Article 213 : Les époux assurent ensemble la direction morale et matérielle de la famille, ils pourvoient à l'éducation des enfants et préparent leur avenir.
— Mon fils n'est plus là ! Je ne dois rien à personne !
— Tu ramènes tout à ton idée fixe. Tu peux nier autant que tu le veux ! Danie est notre fille, un point c'est tout ! Tiens, lis le texte toi-même. L'article 371-1 résume tout ! Non, je vais te le lire à haute voix, sinon tu ne le lirais pas.
« Article 371-1 : pour assurer son éducation et permettre son développement dans le respect dû à sa personne. Les

parents associent l'enfant aux décisions qui le concernent, selon son âge et son degré de maturité. »

— Tu as bien fait de me lire ton truc. Nous sommes parfaitement d'accord : ta fille veut partir et moi, je veux qu'elle s'en aille, nous avons « associé l'enfant aux décisions ».

— Tu devrais présenter ton point de vue chez le juge. Il te collerait en taule !

— Tu serais trop contente de te débarrasser de moi, je le sais bien ! Les femmes se croient au-dessus de tout.

— En tout cas, je ne céderai rien et Danie non plus, tu peux me croire sur parole ! affirme Aline.

— Sales bonnes femmes, le diable vous emporte toutes les deux et le plus loin possible !

J'étais encore dans l'escalier à tendre une oreille indiscrète à cet échange d'amabilités. Je n'arriverai sans doute jamais à me faire à la rancœur d'Adrien, toutefois j'étais moins touchée par la dureté de ses propos. Une certaine antipathie prenait corps parmi les employés. Certes, Adrien n'avait jamais été tendre avec eux, toutefois ils avaient du mal à admettre son attitude avec moi. D'autant plus que je m'entendais très bien avec tout le monde.

*
***

Je passais mon temps à découper des photos imprimées, à coller les morceaux dans un autre sens ou à mélanger les vues découpées. Scrapbooking dirait-on aujourd'hui, à l'époque c'était encore discret. Les enfants des clients adoraient ces découpages et passaient beaucoup de temps avec moi à faire des petits bouts et à les assembler d'une autre façon. Certains dessinaient, d'autres nous regardaient en tripotant leur doudou.

Un samedi, un couple descendu à la pension depuis trois ou quatre jours s'invectivait à la réception. La femme, sèche comme un coup de trique, raide jusqu'au bout du chignon ne maîtrisait plus sa voix.

— Je l'avais dit, il ne fallait pas venir. Tu vois le résultat avec tes envies de vacances... égoïste comme tous les hommes. On fait comment maintenant ?

L'homme, légèrement grisonnant malgré son jeune âge, courbé en avant, laissait passer l'orage.

— Nous ne pouvons amener Camille à l'enterrement de quelqu'un qu'elle ne connaît pas. Elle n'a que cinq ans ! Si nous étions restés à la maison ! Tu savais pour ton patron...

— Nous ne sommes pas partis depuis des années et... nous avions réservé et...

— Et rien du tout ! Tu fais comment maintenant ? À deux cents kilomètres de chez nous, nous ne connaissons personne à qui confier la petite.

— On va trouver une solution...

— Une solution... crie la femme exaspérée. Quelle solution ! Il n'y a pas d'autre solution, il faut l'amener. Tu parles d'un spectacle pour elle !

L'homme était résigné à subir, considérant sans doute justifiée la colère de sa femme.

— Moi, je peux garder Camille !

Le couple s'est retourné d'un bloc ne se doutant même pas de ma présence.

— Tu es bien jeune, quel âge as-tu ?

— Quatorze ans, mais il y a ma mère et tout le personnel, vous pouvez partir tranquilles.

Le couple hésite un moment, puis l'idée fait son chemin.

— Désolée, ma grande, tu es très serviable, nous serons absents au moins une nuit, tu comprends... pour Camille...

— Maman, je peux jouer avec Danie, demande une petite blondinette sortant de nulle part.

— Tu peux, finit par dire la femme.

Il y eut une discussion entre les parents de la petite et maman, finalement, j'ai hérité de la garde de Camille. Elle a passé la journée et la nuit collée à mes basques, profitant de l'occasion pour dormir avec moi dans mon lit.
Au petit déjeuner, Adrien avait déjà trouvé un motif pour ronchonner dans mon dos.
— T'en as fait du foin cette nuit ! Je t'ai entendu parler, je ne sais pas combien de fois, t'es somnambule ?
— Somnambule ? Elle s'occupait de la petite, c'est tout ! rétorque Aline blâmant son agressivité si matinale.
— C'est vrai, elles sont deux maintenant, aussi insupportables l'une que l'autre…
— Pourquoi tu cries, Danie, elle est trop gentille. Cette nuit elle a mis un pensement à mon nounours quand il est tombé du lit, elle l'a soigné. Elle est gentille Danie ! se fâche Camille depuis le bas de l'escalier en montrant son ours arborant un énorme morceau de sparadrap.
— Un pensement à un nounours, se moque Adrien.
De la cuisine, amusées, les femmes de service observaient la scène. Adrien s'en rendant compte céda aussitôt.
— Les filles sont nulles, à cinq ans, elles sont déjà insupportables, dit-il en partant.
J'avais ouvert la bouche pour souligner qu'il devait la vie à une femme, sa mère, mais il était déjà parti.
J'ai servi un bol de chocolat pour Camille en l'imaginant dans l'escalier. Elle a suivi mon regard.
— Je t'ai cherchée partout. C'est bien chez toi, chez nous on n'a pas d'étage et pas d'escalier non plus.
J'ai compris combien l'instinct des enfants est aiguisé. Malgré son jeune âge, elle a parfaitement saisi l'agressivité qui existe entre Adrien et moi. Elle a quitté la marche d'où elle devait nous espionner pour prendre ma défense.

Le dimanche, la petite Camille et ses parents, sont partis, en promettant de revenir prochainement.

— Désormais, je sais où passent les pensements de la boîte à pharmacie, s'est amusée Aline.

Chapitre 4

La vie continue, la rancœur d'Adrien ne s'atténue pas, nous sommes toujours à coteaux tirés. Un harcèlement moral très pénible. Je comptais sur une certaine usure du ressentiment, je me suis trompée. Je vais au rendez-vous avec la psy plus remontée que jamais.
— Alors ce placement en foyer, c'est pour quand ? Vous avez des nouvelles ? ai-je attaqué à peine la porte ouverte.
— Aucune décision ne sera prise pour le moment, lâche le médecin. Tu devrais…
— Je croyais que votre travail était d'évaluer les mesures d'urgence à prendre.
— J'avais oublié la redoutable ténacité dont les gènes paternels t'ont dotée.
Là, je dois le reconnaître, chapeau, elle a trouvé la mauvaise réponse. J'en avais le souffle coupé. Tout mon être se révoltait à l'idée de devoir quelque chose à Adrien. Me jeter à la figure des traits de son sale caractère dont *je suis héréditairement dotée*, c'est inadmissible. J'étais encore près de la porte et je décidais de quitter le bureau pour montrer ma révolte devant un tel soupçon.
C'était tellement prévisible, d'un bond la psy m'a agrippée et guidée fermement vers la chaise face à elle. Nous nous sommes défiées du regard, j'ai fini par me replier dans ma coquille. En somme, elle ne fait que son travail, peut-être même abonde-t-elle un peu dans mon sens. Elle m'observait d'un regard soupçonneux tout en feuilletant un

dossier, le mien sans doute. Je le trouvais redoutablement épais. Finalement, elle a semblé remarquer que je n'avais pas pris la fuite.

— Mademoiselle Danie Duguet vous me cassez les pieds ! Est-ce clair ? Vous êtes insupportable !

Je me suis levée, attrapant ma carte d'identité dans la poche-revolver de mon pantalon, je l'ai posée sur le bureau devant elle avec un grand sourire.

— Madame le docteur, vous vous trompez de patiente ! La photo est un peu ancienne, mais quel nom lisez-vous ?

— Lambert Danie, sexe féminin, née le…

— Donc pas Duguet, parfait, je n'ai rien à faire ici, je ne suis pas votre patiente ! Je peux m'en aller ?

— Souffrirais-tu d'autophobie ?

— Je n'ai jamais eu peur en voiture, je ricane.

— Qui parle de voiture ? L'autophobie n'a rien à voir avec les voitures, c'est la peur d'être seule…

— Mon rêve, être loin de tout et de tous !

— Tu as fini ton petit numéro ? Je suis ravie de constater cette combativité nouvelle, tu le sais, la résignation ne conduit nulle part !

— Combativité bien illusoire ! Que ferai-je quand mes ongles seront usés et mes forces épuisées ? Je viendrai m'asseoir ici pour pleurnicher ?

— Parlons sérieusement. Tu as raison, administrativement ta situation n'est pas encore réglée. Ton cas est compliqué, mais elle le sera par une audience du tribunal ou une ordonnance prise dans le bureau du juge, peu importe, tu seras convoquée.

— On ne peut pas être la fille de personne ?

— Tu me sembles un peu plus positive ! Comment se comporte Adrien maintenant ?

J'ai raconté mes journées en énonçant toutes les ruses que j'emploie pour éviter l'affrontement direct. En résumé, il n'y a aucune amélioration, pour être honnête, il n'empire pas non plus, il reste égal à lui-même.

— Bientôt les vacances, j'ai très peur de passer toute la journée là-bas. Deux mois avec Adrien, dont un à longueur de journée, le vieux a aussi droit à des vacances, paraît-il !

— Il ne s'en prendra pas à toi, tu le dis toi-même !

— Pas physiquement, ça, je le sais. Vous ne pouvez pas m'expédier en colonie de vacances quelque part, à l'autre bout de la France, par exemple ?

— Peut-être, c'est au juge de voir s'il faut t'éloigner. Je croyais que tu te plaisais à la pension avec Aline.

— Il y a de bons moments… quand Adrien n'est pas là !

Mon quotidien avec Aline est la seule chose qui m'aide à supporter le restant. J'aime parler avec les pensionnaires, m'occuper des petits. Pour ces inconnus, je suis la fille de la patronne, une amie, une égale une *bonne petite*. Quand mon père est là, je suis *une fille*, donc, à ses yeux, au-dessous de tout, une moins que rien.

— Tu parlais de venir pleurer dans mon bureau tout à l'heure. Je ne t'ai jamais vue pleurer.

— Pas là-bas ou en public, c'est vrai. D'après Adrien, les larmes sont les défenses des filles pour excuser toutes leurs erreurs et un signe révélateur de faiblesse. Alors, pas de pleurs, je dois faire preuve de force, voilà tout !

— Comme tout le monde, je vais prendre des vacances. Si tu as le moindre ennui, tu appelles ou tu viens ici. Il y aura toujours quelqu'un pour te recevoir, c'est pareil au cabinet du juge.

— Bof, je préviendrai votre remplaçante les soirs où je serai morte de peur, courbant l'échine sous l'insulte, face à Adrien rentrant de son travail.

— Essaie de faire un effort, de l'amener à comprendre ta position, s'il te plaît !

— Pas la peine, même en forçant avec un pied-de-biche, rien ne rentrera, pas même à coups de masse, il a la tête bien trop dure.
— Je suis encore ici deux semaines, je te revois le jeudi, avant de partir. Courage Danie, nous l'aurons !

Des mots ! En sortant, j'avais mauvaise conscience. J'ai un peu noirci la réalité. Certes, Adrien n'est pas tendre, toutefois, en rusant pour l'éviter, la vie à la pension, sans être reposante, est supportable.

En rentrant, je trouvais Aline avec sa tête des mauvais jours en grande discussion avec le chef de cuisine. Immédiatement, je m'en attribuais la faute. La psy avait dû l'appeler pour lui raconter ma conduite indigne. Furtivement, je me suis glissée vers la partie privée en faisant semblant de ne rien remarquer.

À l'heure du repas, le règlement de comptes était inévitable, heureusement Adrien n'était pas là.
— Tu n'as pas eu d'ennuis avec la psy ? demande Aline. Depuis le temps, elle a encore besoin de te voir ?
— Je ne sais pas, dis-je prudente.
— Tant mieux, nous en avons assez des problèmes.
Devant mon silence, elle continue :
— Nous n'avons pas beaucoup de clients et je ne peux pas profiter d'une excellente possibilité... la vie est trop mal faite !
— Une opportunité, il faut la saisir à pleines mains, non ?
— Cent cinquante personnes pour un repas de noce, tu imagines !
— C'est beaucoup, qu'en dit le chef ?
— Le chef a fait bien plus, l'obstacle est tout autre !

Enfin, ce sont presque cent soixante-dix personnes en comptant les dix-sept enfants. C'est ce qui désespère Aline.
— Dix-sept gamins, le plus vieux n'a même pas ton âge. Les gosses s'ennuient dans les repas, ils courent partout cherchant des bêtises à faire, les parents ne disent rien. Nous vivons une drôle d'époque. La dernière fois, un vrai carnage, la direction m'a tapé sur les doigts. Pas question de recommencer un truc pareil !
— Je vois...
— Tu vois ! Tu ne vois rien du tout ! Certains sont de vrais petits démons, ronchonne Aline.
La déception d'Aline me touchait. J'ai réfléchi toute la nuit pour trouver une solution à ce problème.

Assise en face d'elle au petit déjeuner, je lançais tranquillement à ma mère :
— Tu t'occupes de remplir les assiettes des grands. Je m'occupe de surveiller les petits.
— Tu rigoles, dix-sept ! Tu te vois maîtriser la marmaille ?
— Suffit de trouver l'aide de quelqu'un. Vous, vous serez occupés. Un extra, parfait.
— J'y ai pensé, les extras sont déjà pris et les autres ne veulent pas travailler avec des gosses entre les pattes.
J'étais déçue, mais pas battue, loin delà.
— On peut les occuper, faire un atelier, les gamins aiment bien jouer à n'importe quoi, tu le sais bien.
— Hors de question, une telle marmaille va te faire tourner en bourrique. C'est trop pour toi. Tu es une bonne fille, affirme Aline en m'embrassant, avant d'ajouter pour elle-même : à l'impossible nul n'est tenu.

Le soir, j'ai remis la question sur la table. Entre-temps, j'avais eu l'idée du siècle. Une bonne petite a dit Aline, sans doute, mais Aline a deux petits, enfin presque.

— J'ai la solution…
— La solution ! S'il te plaît, ne te moque pas de moi.
— Dany va venir m'aider et je te jure qu'à nous deux la marmaille, comme tu dis, devra filer doux !
— Tu rêves, il n'acceptera jamais…
— Il a déjà accepté. Il n'est sans doute pas si mauvais que nous le pensions.

Nous avons passé la semaine à débarrasser d'un fatras hétéroclite une pièce attenante à la grande salle. Nous avons tout entassé dans le garage, tant pis, le minibus restera dehors. Après un lessivage et un coup peinture gris souris, la salle est très présentable. Dany est même venu nous aider. Des panneaux sur des tréteaux et une vingtaine de chaises, le tour est joué. L'atelier est prêt. Pour le repas, les enfants auront une table pour eux au bout de la salle de restaurant, juste à la porte de l'atelier.

Durant ces préparatifs, Adrien n'arrêtait pas de bougonner. Je l'ignorais complètement, ce qui semblait aviver sa mauvaise humeur.

La veille, avec Dany, nous avons installé l'ordinateur, posé l'appareil numérique d'Aline sur un pied et disposer quatre cartons de masques, lunettes, fausses moustaches et un tas de déguisements dont nous comptions affubler les gosses avant de les photographier. Dany a apporté son matériel pour les fadas de consoles. Quelques jeux de société complétaient la panoplie, sans oublier un espace couchage pour ceux qui seront fatigués avant l'heure. Aline observait ces préparatifs avec une inquiétude légitime sur notre capacité à gérer tout ce micmac.

La soirée s'est merveilleusement déroulée. Les enfants ont apprécié les photos, au point qu'ils ont voulu poser une seconde fois avec leurs parents. L'imprimante avait du mal à suivre. La noce s'est terminée à cinq heures du matin. Les enfants avaient regagné leur chambre depuis longtemps. Dany les avait accompagnés veillant à leur confort, parfois cherchant les doudous égarés.

Trois gamines et un garçon ont dormi dans l'atelier en attendant la fin de la fête.

Les grands ont fait la fête *sans famille*, les gamins ont passé une excellente soirée s*ans parents*, ils sont prêts à recommencer à la moindre occasion, un monde parfait.

Chapitre 5

— Entre les photos et les pourboires laissés spécialement pour toi, tu as deux cents euros à partager avec Dany. Enfin, je ne connais pas vos accords.
— Il n'y a pas d'accord, nous n'avons pas parlé d'argent.
— C'est bien dommage, révèle Adrien, pour une fois que tu rapportes un peu quelque chose. Tu as entraîné mon fils dans cette histoire pour rien, pas un sou ! C'est moche !
— En tout cas, elle apporte deux preuves, dis-je avec une hargne mal contenue.
— Je voudrais bien savoir lesquelles, hurle Adrien.
— La première, qu'il est serviable ! Je sais que c'est un mot parfaitement inconnu pour toi, dis-je. Tu veux que je te lise la définition du dictionnaire ?
— Traite-moi d'ignorant pendant que tu y es, je vais t'étriller les oreilles moi, sale gamine !
— La seconde preuve est évidente, j'ajoute avec un calme qui me surprend moi-même, il ne peut pas être ton fils, Dany n'a pas ta bêtise ni ton sale caractère. Il n'a pas rouspété une seule fois de la soirée, pourtant les gamins ne l'ont pas ménagé.

Il s'est levé furieux, prêt à bondir sur moi, Aline pendue à sa manche pour le retenir. Malgré mon angoisse, j'ai soutenu son regard. Il a rompu le premier en s'éclipsant.

J'étais la fille la plus heureuse au monde, pour la première fois, j'avais dominé la bataille avec Adrien.

Cette soirée a donné une impulsion nouvelle à ma vie. Oh, ce n'est pas à cause de cette dérisoire victoire sur mon père. Ce sont les convives de ce fameux repas qui ont beaucoup parlé de la façon dont nous avions chouchouté leur progéniture. Dès le week-end suivant l'auberge était remplie de familles avec des enfants avides de distractions. Le mois d'après de belles tablées de fêtes, d'anniversaires se succédaient. Les adultes entre eux, les petits avec moi, enfin, cinq ou six, pas plus. Je dis « les petits », certains étaient plus âgés que moi. J'ai appris un tas de trucs avec la marmaille comme l'appelle familièrement Aline. Moi, la petite gamine perdue entre deux familles, je me sentais utile, appréciée de tous, enfin presque !

— Voici l'autre chipie qui se prend pour une dame patronnesse. Tenancière d'une maison, comme sa mère ! Tu apportes ainsi, comme tu le dis, la preuve évidente que tu es bien la fille de ta mère ! râlait Adrien.

— Je suis très fière de ma mère… pas du tout de mon père… j'ai murmuré.

— Je ne suis pas fier de toi non plus, une fille insipide, geignarde, toujours dans les jupes de sa mère, juste bonne à faire la nounou et à torcher les mômes.

Sur ces mots, il est sorti. Heureusement, j'allais dire tout ce que je pensais de lui, mais rien n'aurait été résolu pour cela, au contraire.

Ces vacances tellement redoutées sont passées bien trop vite. Pour ma première rentrée au lycée, j'ai eu la surprise de me retrouver en seconde B, la même classe que Dany. Notre duo a fait un malheur, à cause de notre évidente mauvaise foi, nos professeurs ont vécu des moments très pénibles.

— Dany Lambert, parle-moi du rôle du préfet dans un département.

Les élèves ont éclaté de rire en nous voyant debout tous les deux prêts à nous lancer dans l'explication.
— Asseyez-vous, se fâche le prof.
— Dany Duguet, le rôle du préfet.
Nous nous sommes encore levés tous les deux en expliquant que nous ne connaissions pas notre identité réelle, Dany, Danie, c'est certain, par contre Duguet, Lambert ? Nous habitions dans une famille, nos cartes d'identité affichant un autre nom. Je ne sais pas combien de fois nous avons utilisé ce scénario. Au bout d'un moment nous y avons gagné une tranquillité royale, pour avoir la paix, les profs ne nous interrogeaient plus.

Le train-train a repris. La joute verbale avec Adrien était toujours d'actualité. Je passais beaucoup de temps avec maman dans la partie publique, sachant le personnel et les clients acquis à ma cause, il n'osait trop râler sur moi.

Mi-septembre, j'arrivais au rendez-vous chez la psy le cœur léger. Je ne l'avais pas vue depuis un moment et je m'en portais très bien. J'entrais et posais mes fesses sur la chaise face à elle.
— Lève-toi ! ordonne-t-elle sévèrement.

Surprise, je me suis levée, vexée qu'elle prenne mal mon semblant d'assurance. Elle est venue tourner autour de moi en me détaillant. J'avais l'impression d'être une génisse que le maquignon détaille sur le marché aux bestiaux. En reprenant sa place, elle a tiré mon dossier à elle. Depuis ma dernière visite, il a pris de l'ampleur, il a doublé. Mauvais ou pas pour moi ?
— Qui es-tu ? Une troisième fille ? Ou Danie Duguet, enfin Danie ex-Lambert ?
— C'est bon, vous n'allez pas me rejouer notre dernier entretien ! Je vous présente mes plates excuses... j'avoue, j'ai un peu abusé.

— La dernière séance, je n'y pensais même plus. Je suis surprise par ton aspect, pour le psychisme, je n'ai pas encore jugé. Je constate, tu es presque souriante, tes cheveux sont disciplinés. Tu as échangé un pantalon moche et trop sérieux contre une jolie robe. Je ne dis pas que tu as grandi, donc, tu es plus mince. En un mot, tu as l'air d'une fille de ton âge. Es-tu amoureuse ?

— Quelle idée ! Non, j'ai passé des vacances meilleures que je ne pensais, c'est tout.

— Ah !

En vérité, je ne m'étais pas rendu compte de ce changement. Aline m'a emmenée chez le coiffeur, mes cheveux sont à peine plus courts. J'ai trois robes, j'en porte une aujourd'hui, je l'ai enfilée ce matin sans penser à ce rendez-vous. Plus mince, possible, je dors très mal et je m'agite beaucoup avec les gamins. Ce n'est pas une corvée, c'est un grand plaisir pour moi, je tiens à le souligner. La psy lit le dossier, les derniers développements de notre interminable affaire sans doute.

— Adrien ? questionne-t-elle sans lever le nez.

— Égal à lui-même, état stationnaire dirait une psy !

— Hélène, si tu veux, tu peux utiliser mon prénom.

— Ok, Hélène, mais ne comptez pas sur moi pour faire la poire avec la belle Hélène. Pardon, je déraille un peu, c'est trop facile..., excusez-moi...

— Pas la peine, j'aime bien cette nouvelle Danie. Tu veux m'expliquer quelque chose ?

J'ai résumé mes vacances avec prudence, avec méfiance même, comme à mon habitude.

— La rentrée s'est bien passée ?

— Très bien ! Je ne sais qui a fait la répartition des secondes, je me retrouve en classe avec Dany, pas terrible !

— Pas terrible ! Pourtant, votre scénario est bien réglé. Dans le dossier, il y a une plainte de l'Académie demandant la mise à jour de vos papiers d'identité au plus vite. Il paraît que la moitié de vos professeurs sont au bord de la dépression nerveuse...

— C'est bien fait ! Qu'est-ce que vous attendez pour mettre notre état civil au clair ? Que tous les profs soient enfermés à l'asile ?

— Ce n'est pas de mon ressort. Et le compte-rendu de cette séance, décrivant une fille adoucie, pondérée, embellie, plus sûre d'elle et blagueuse, ne participera pas à l'accélération des choses.

— Dommage ! Dans ce cas, nous étendrons notre scénario à l'extérieur du lycée. Qui devons-nous rendre dingue pour faire avancer les choses, le juge ?

— Marchera pas..., je te revois dans un mois ?

— Est-ce utile ?

— Simplement pour constater ta survie dans le milieu hostile d'une pension de famille... sans pied-de-biche ni gros marteau.

J'ai quitté l'immeuble, un peu rassurée par l'ambiance bon enfant de cet entretien. J'ai trouvé mon ex-maman, sur le trottoir, devant la porte. Lucie voulait m'embrasser et discuter un peu. J'ai pleuré sur son épaule, bien plus émue par sa gentillesse que je n'ose l'avouer. Nous nous sommes installées au café pour parler. Toujours méfiante, je n'ai rien dit sur Adrien. Inutile de donner des arguments à l'un ou l'autre camp. Ils ont déjà suffisamment de quoi se détester.

J'ai parlé de cette rencontre à Aline, elle n'était pas fâchée, bien au contraire, elle voyait ce rapprochement d'un bon œil pensant qu'il participait à mon bien-être.

— Je n'ai rien contre les Lambert, quand tu les verras, n'hésite pas à le leur dire. Ils ne sont en rien fautifs dans cette histoire. Au contraire, je trouve Dany beaucoup plus gentil maintenant qu'il vit avec eux.

Chapitre 6

À l'auberge, la préparation des week-ends était devenue une routine bien huilée me prenant finalement peu de temps. J'avais une nouvelle passion : mettre des motifs sur du tissu ou des vêtements. Au début, je réalisais un petit dessin puis je le brodais avec du coton épais, c'était long. J'ai perdu patience en découvrant le système du film de transfert. Avec mon ordinateur, oui maintenant, j'en ai un à moi, Aline en avait assez de me voir squatter le sien. Avec l'ordi donc, c'est tellement simple de dessiner ou de copier une photo, de l'imprimer à l'envers et de coller le film sur le tissu au fer à repasser.

— Ce n'est pas la même chose, soulignait Aline tout en s'extasiant devant *mes drôles idées*.

— Encore une façon de ne pas se fatiguer en se vantant d'un goût prétendument artistique, affirmait Adrien. Crayonner des débardeurs, du chiffonnage. Les filles n'ont aucun attrait pour le vrai travail, celui qui rapporte !

Je laissais dire ! Il n'avait pas tout à fait tort, le transfert est fragile et s'efface lavage après lavage. Je reprenais mes meilleures réalisations et j'en soulignais les contours de l'image avec des fils synthétiques. Mes premiers essais avec du coton avaient déteint, pas terrible !

Vers la mi-octobre, un samedi soir, nous avions un anniversaire de mariage. J'avais six petits à occuper. Les parents de Dany étant sortis en amoureux, il est venu passer la soirée avec nous, (j'ai oublié de le préciser, avec toute cette histoire, le divorce a été repoussé, j'espère qu'il sera annulé.). Après le plat de résistance, nous faisions une partie de Scrabble avec les plus âgés pendant que les plus jeunes jouaient avec les Barbies ou les Legos. D'entrée de jeu, j'avais monnayé la sagesse et le calme de la *marmaille* contre une énorme et savoureuse forêt-noire pour le dessert. La troupe commençait à s'impatienter, en entonnant la ritournelle « le gâteau, le gâteau ».

— C'est bon ! J'y vais, dis-je pour calmer la gentille révolte naissante.

J'ai filé le chercher à la cuisine. Je retournais à l'atelier, chargé de ma gourmande cargaison de quarante centimètres de diamètre, je l'ai posée sur le bar pour prendre un couteau, c'est ce qui l'a sauvée de la catastrophe. J'ai cru que mon cœur allait bondir à l'extérieur de ma poitrine, j'étais paralysée, j'ai failli mourir sur place. Dans la salle du fond destinée aux pensionnaires, un couple dînait en bavardant. J'ai reconnu immédiatement mon juge et sa greffière. M'emparant du premier couteau venu, j'ai repris le plateau et j'ai presque couru vers l'atelier. Dany a compris immédiatement mon inquiétude.

— Danie, ça va ? On dirait que tu as vu le diable !

— Pire, le juge dîne à côté, je sais que la greffière n'est pas sa femme et elle a un ordinateur posé à ses pieds !

— Ouh-la, la ! Un samedi soir en heures sup !

— Comme tu dis..., je m'en fiche, je n'ai rien fait et toi ?

— Moi non plus...

— Le gâteau, le gâteau, le gâteau, râlaient les enfants impatients.

J'ai servi une petite part à chacun, aucun n'a protesté. Les enfants ont un sixième, septième ou un huitième sens qu'en sais-je, en tout cas, ils ont parfaitement compris que quelque chose n'allait pas.

Une demi-heure après, maman est venue à la porte de l'atelier avec une gêne manifeste.
— Danie, quelqu'un pour toi.
L'effet de surprise ne fonctionnant qu'une fois, j'avais récupéré et je me sentais prête à les affronter. Nous avions repris notre partie de Scrabble, en levant la tête, j'ai mimé une surprise de bon aloi.
Ils se sont installés sur des chaises libres presque en face de moi. Même n'ayant rien à me reprocher, voir le juge et sa greffière ici un samedi à vingt et une heures trente ne manquait pas de m'inquiéter.
— Danie, tu me connais, madame Bernard ma greffière aussi. Tiens Dany, tu es là ?
— Oui… oui, puis reprenant ses esprits, il a ajouté, cette constatation, plus que vous surprendre devrait vous réjouir ! Nous ne participons pas au combat familial, nous sommes déjà hors du jeu depuis longtemps.
— Ce n'est pas un reproche, ajoute le juge.
— Que puis je pour vous, j'ai questionné, comme si de rien n'était. Je vais chercher une serveuse…
— Inutile, c'est toi que je viens voir.
— Moi, à cette heure ? je réponds mimant l'étonnement.
— Que fais-tu ici avec tous ces enfants ?
— Je joue au Scrabble et je perds si vous voulez savoir !
— Tu habites une partie privée dans un autre bâtiment, annonce-t-il l'air de rien. Pourquoi es-tu ici, dans la partie professionnelle ?
Je commençais à trouver ses questions insidieuses et j'ai cru en deviner les motivations.

— C'est convenu avec Hélène, enfin la psy, je ne veux pas rester seule dans la maison avec Adrien sur mon dos. Elle ne vous l'a pas dit ?
Apparemment elle ne l'a pas fait, il change de sujet.
— Et toi Dany, tu as peur de rester chez toi aussi ?
— Moi, non ! Ce soir mes parents sont de sortie, je suis venu ici, c'est tout.
— Vous pouvez vérifier, j'ajoute pour river le clou.
— Danie, Danie fille, je précise, c'est un peu compliqué ces histoires de noms…avoue le magistrat.
— Et pour nous alors ! Vous pensez y remédier un jour ? demandais-je avec hargne.
— J'y travaille. Danie, tu as mangé ici ?
— J'allais pas rester toute seule à une table de cuisine face à Adrien alors qu'une tablée de gamins s'empiffrent et rigolent ici. Ah non alors !
— Tu as fait le service ?
— Non, il y a des serveuses, ces gosses sont les enfants de l'anniversaire d'à côté, des clients !
— Tu as apporté le gâteau, je t'ai vue.
— Je suis gourmande et impatiente, vous ne le saviez pas ? Et les gamins avaient faim, c'est tout !
— Tu as mangé ici…
— Où voulez-vous en venir avec vos questions ? Je vous rappelle que je suis ici *chez moi*, vous insistez assez à chacun de mes passages dans votre bureau. J'y suis logée et nourrie en pension complète. N'est-ce pas une obligation parentale de *la famille* où vous m'imposez de vivre ?
— On peut jouer ? On s'ennuient, y en a marre, fiche ces gens dehors, proteste un gamin !
— Alors, tu n'as pas travaillé ce soir… questionne la greffière hésitante.
— Danie ! s'écrie l'aîné de la marmaille, il a même fallu qu'on fasse un foin du diable en hurlant « le gâteau, le gâ-

teau » sur l'air des lampions pour qu'elle bouge enfin de sa chaise et aille chercher le dessert.

Pas bête le gosse ! J'ai cru le juge satisfait et sur le départ en le voyant ramasser ses dossiers. Que dalle !
— Je ne suis pas uniquement chargé de t'imposer dans ta vraie famille, je dois m'assurer que tu y es bien traitée, bien logée, bien nourrie et tout ce qui va avec. On m'a rapporté que tu travaillais à l'auberge...
— Adrien ! À tous les coups ! Celui-là !
J'ai craché Adrien au hasard, le regard de la greffière semblait me conforter dans cette idée.
— Peu importe. Tu n'as pas rejoint ta famille pour servir de bonniche. Mon travail est de m'assurer de la fausseté de cette rumeur.
— Vous me voyez faire la pluche des légumes avant d'aller en cours, la vaisselle après manger et pourquoi pas la préparation du petit déjeuner ou la cuisine du lendemain le soir avant de me coucher. J'ai bien d'autres occupations, je vous rassure.
— D'autres occupations ?
— Si vous voyiez ma chambre, vous comprendriez !
— Justement, je dois la voir, allons-y ! propose le juge.

J'étais prête pour la revue de détail. L'habitude étant prise, elle ressemblait toujours à une exposition de meubles, ce qui fait son effet sur les visiteurs. Ils s'assoient sur le lit, je prends la chaise du bureau.
— À vrai dire, je te crois à moitié lorsque tu affirmes n'assurer aucune tâche à l'auberge. La pédopsychiatre, Hélène comme tu dis, y voit un dérivatif à l'angoisse provoquée par cette situation inconfortable. Quand le travail est bon pour la santé, ce n'est plus du travail, c'est un traitement médical, reconnaît l'homme.

J'ai ouvert les tiroirs de la commode pour en sortir quelques-unes des réalisations dont je suis la plus fière. La greffière s'est extasiée sur la photo de l'auberge transférée sur un tee-shirt dont j'ai brodé les contours. À l'état neuf, c'est très spectaculaire, brillant et coloré. En fait, un travail inutile, le transfert ne résistera pas aux lavages et les cotons déteindront.

— Combien as-tu mis de temps pour réaliser une chose pareille ? demande la greffière curieuse. C'est magnifique, tu as beaucoup de goût.

— Impossible à dire, je n'ai pas compté. Entre le service la vaisselle, l'épluchage …

— J'ai compris ! affirme le magistrat. Un peu de sérieux. Adrien n'est pour rien dans ma venue. Tout le monde chante les louanges de Danie, la bergère des troupeaux de bambins. Je ne suis même pas venu exprès, il fallait que je vienne afin de préciser les conditions de ton accueil dans cette famille.

— Ajouter foi à la rumeur et à la calomnie occupe un temps qui serait bien plus utile à l'avancement du dossier de mon état civil.

— S'il te plaît, n'abuse pas de ma crédulité. Je ne fréquente pas que des menteurs et des délinquants. Je connais parfaitement le rôle que tu joues ici. Je m'en fiche, on ne t'exploite pas, personne ne t'oblige à rien et tu le fais avec plaisir. Sache-le, en ce moment même, je travaille au jugement qui sera rendu te concernant.

— Excusez-moi… j'en ai marre de cette histoire. Je suis tiraillée de partout, je ne sais même plus qui je suis. On m'épie, on surveille le moindre de mes mots en y cherchant un sens caché, on écrit des rapports auxquels je n'ai pas accès pour en dénoncer les mensonges. On vient bousiller ma soirée tranquille en soupçonnant la famille, à laquelle vous m'avez confiée, d'esclavage et de cruauté à mon égard. C'est beaucoup, non !

— Danie, c'est pour ton bien, commente la greffière apparemment touchée par ma détresse.

— Ce genre de harcèlement fait du bien ! Première nouvelle ! dis-je avec la plus évidente mauvaise foi.

Chapitre 7

J'ai senti immédiatement le changement de ton, le badinage était terminé. La greffière sortait l'ordinateur de sa housse et l'installait sur ses genoux. Déposition en règle cette fois-ci.
— Danie connais-tu Guy Lambert ?
— Quelle question, c'est mon oncle... Oh, non..., ce n'est plus mon oncle ! dis-je affolée.
Je ne pus retenir mes larmes en racontant. Guy, c'était à la fois mon grand frère, mon père, mon grand-père, une sorte de paravent où je trouvais toujours un abri. Il était tout ce qui rassurait la petite Danie complètement égarée que j'étais dans un monde désormais sans aucun repère solide.
Ce n'était plus mon oncle, je n'étais plus de sa famille, mais il restait mon parapluie, mon paratonnerre, enfin tout ce qui me manquait. Il gardait une place secrète et privilégiée dans mon évolution personnelle. Il n'avait pas son pareil pour m'aider à surmonter l'éparpillement de mon existence. Il est parti loin de moi depuis la moitié de ma vie, malgré cette absence, c'est lui qui est le plus proche de moi. Je n'en ai parlé à personne, pas même à Aline ni à la psy. Tout de suite l'inquiétude prend le dessus, pourquoi le juge me parle-t-il de lui ?
— Danie... reprend doucement le juge. Depuis combien de temps n'habite-t-il plus en France ?

— Il est parti, j'avais sept ans, cela fera huit ans bientôt, pourquoi ? Enfin, je le vois de temps en temps, il passe toutes ses vacances ici.

— Pourquoi est-il parti ?

— Pour son travail, il est ingénieur sur des plates-formes pétrolières. Quand il a fini sur une, il n'a même pas le temps de respirer, il va sur une autre. Actuellement, il est en Chine, enfin, il y était, il n'y a pas longtemps !

— Il t'écrit ? questionne innocemment le juge.

— Pratiquement jamais et je ne lui ai pas donné mon adresse d'ici. Je ne veux pas le mêler à ces histoires sordides d'échange et de paternité. Nous échangeons des courriels quand il peut se connecter.

— Lui as-tu parlé de la substitution des nourrissons ?

— Ce n'est pas moi ! Je n'avais pas d'ordi, je ne lui répondais plus, il a questionné les Lambert. Puis-je connaître le but de ces questions ? m'inquiétais-je.

— Lorsqu'il t'écrivait au début, te prenait-il pour un garçon manqué, une intrépide ?

— Oh non ! J'étais la plus belle petite fille du monde et il attendait que je grandisse, il voulait se marier avec moi. Un sacré bonimenteur, j'avais déjà de grosses lunettes et des cheveux incontrôlables.

— Ton oncle m'a écrit.

— Ah ! L'imbécile ! Il aurait mieux fait de m'écrire à moi !

— Il n'a pas ton adresse, rétorque le juge du tac au tac.

— Dany m'aurait fait passer la lettre. Pourquoi vous a-t-il écrit, je peux savoir ?

— C'est confidentiel… enfin pour ne pas te rendre encore plus irascible que tu ne l'es déjà…

— C'est encore ma faute, à chaque fois, l'agneau, c'est toujours moi.

— L'agneau ? relève le juge.

— Oui, celui qui porte tous les péchés du monde !

— Tu as de la repartie, comme ton père...
— Ah, non pas vous ! je hurle en sautant de la chaise. Irascible, passe encore, c'est à mettre sur le dos de vos tracasseries administratives ! De là à me prêter le méchant caractère de mon père, hors de question !
Le juge fouille dans sa serviette pour en sortir un dossier, d'où il extrait une feuille qu'il lit :
« Jeune fille fragile, perturbée, pas timide, mais discrète et silencieuse, manquant d'assurance... »
— Madame Bernard, faites-moi penser à nommer un autre psychiatre pour nos expertises, celui-ci a un mauvais diagnostic.
— Cherchez pas, elle s'est trompée de patiente, dis-je très fière de cette réplique.
— Je connais ton numéro. Le temps passe revenons à notre affaire s'il te plaît.
— Vous avez bousillé ma soirée, je peux bien gâcher la vôtre ! Venir se payer un bon repas pour m'espionner ! Il n'y a pas de quoi pavoiser bien haut. Enfin, ce n'est pas une perte de temps si mon dossier avance !
— Mademoiselle Danie Duguet, vous êtes particulièrement insupportable !
— La psy me trouve casse-pieds, c'est un peu la même chose, n'est-ce pas !
— Je ne sais plus ce que je dois écrire dans ce procès-verbal, râle la greffière.
— Nous allons dire : c'était un dîner spectacle. Le show de la petite Danie est terminé maintenant. Mme Bertrand reprenons à la question, écrivez : À un moment où un autre votre oncle vous a-t-il prise pour un garçon ?
— Quelle idée, évidemment non.
— Dans sa lettre, il me dit « L'enfant des Lambert, Dany est né lors de l'un de mes passages au pays. Je l'ai vu tout juste né. Je l'ai même pris en photo. On y lit « ambert, une

partie du bracelet d'identification et je peux affirmer que c'était bien un garçon qui le portait. Ce n'était pas l'heure des visites et j'ai dû batailler avec l'infirmière occupée à lui faire sa toilette. Une grande rousse couverte de taches de rousseur. Demandez-le-lui, elle se souviendra certainement du ramdam que j'ai fait pour voir le nouveau-né. »

— Ben, je vois mal ? dis-je.

— Ton oncle, enfin Guy, affirme que Mme Lambert a accouché d'un garçon, troublant non ?

— On le sait déjà, il me semble !

— Je continue « Lorsque j'ai eu rejoint la Norvège, trois ou quatre jours après, j'ai pris des nouvelles. La maman allait bien et le bébé aussi, une adorable petite fille. Je me suis étonné, puis j'ai pensé que la rousse, devant mon insistance arguant de mon départ imminent, m'avait montré n'importe quel bébé pour que je lui fiche la paix. »

— C'est bizarre, je dois l'avouer. Guy est revenu, il passe toutes ses vacances ici. Il ne m'a jamais parlé de cela !

— Ta timidité discrète et silencieuse l'a conquis ! Sérieusement tu n'as jamais eu de doute sur ta filiation ?

— Avec les Lambert, non, jamais ! Avec les Duguet, le doute me cache le soleil ! Malgré vos analyses ADN, il est impossible que je sois la fille de mon père !

Petit à petit, les informations faisaient leur chemin dans mon esprit. Guy a vu le fils des Lambert, donc, l'échange a été fait après son passage.

— Tu gamberges dirait-on ?

— Je patine à fond, oui ! Le passé est passé, le moment de l'échange m'importe peu. La faute à qui ? Je m'en fiche aussi. Le problème est grand, trapu, marche sur ses pieds, habite ici et s'appelle Adrien ! Le reste n'a qu'une importance toute relative.

— Je note que tu es épanouie, souriante, la vie ici semble te plaire. Dans le cas contraire, tu m'en parlerais ?

— Vous voulez me faire dire que je suis bien ici ? Pas besoin d'insister ou de me torturer, je vous le dis. Mieux ou moins bien que chez les Lambert ? Ne comptez pas sur moi pour faire une comparaison.

Sur un signe du juge, la greffière range l'ordi et ramasse les feuilles du dossier.

— Nous n'avons pas perdu notre soirée comme tu le penses. L'affaire Lambert-Duguet a beaucoup avancé. Pour la partie te concernant, c'est bouclé. Je te convoquerai pour signer les procès-verbaux d'aujourd'hui. Le changement de ta carte d'identité, ce sera plus long, patience, c'est en bonne voie. Je souhaite que tu voies encore la psy au moins une fois par mois.

— Si vous y tenez, je m'en fiche.

— La soirée n'est pas finie, tu vas pouvoir en profiter encore un peu.

— Je peux vous demander quelque chose ?

— Si c'est du sérieux ?

— Oui. Aline doit assister à une assemblée générale pour son travail. Trois jours en pleine semaine scolaire. Je refuse de rester toute seule ici face à Adrien.

— C'est à ta mère de décider, je ne suis pas ton tuteur. Tu meurs d'envie d'y aller avec elle je suppose ?

— Euh…

— À la place d'Aline, je t'emmènerais, ce serait l'occasion de vous connaître en dehors de la routine et loin d'Adrien.

À l'époque je n'avais même pas quinze ans, en me remémorant ces moments, j'ai honte de mon effronterie. Comment ai-je pu parler à un magistrat de cette manière ? Pourquoi a-t-il supporté mes propos quasiment insolents ? Aujourd'hui, je n'oserais tenir un tel langage à quelqu'un. Ils ont tout à fait raison, j'étais une gamine insupportable, une vraie calamité.

J'ai regagné l'atelier. L'ambiance était un peu retombée. J'ai dégotté une autre forêt-noire et quelques bouteilles de Coca, la soirée est repartie en flèche. Nous avons gagné la bataille, la fatigue a touché les parents des gosses avant nous.

Le dimanche midi, j'étais sur les rotules. Dany était resté avec nous pour le repas, il m'a donné un coup de coude discret. Adrien marquait un temps d'arrêt à l'entrée de la salle, puis il s'est installé à sa place sans nous regarder. Aline, un peu embarrassée, est arrivée en dernier.
— J'aimerais être tranquille avec mon garçon.
— Il y a des tables libres partout, montre Aline.
— Viens Dany, on bouge ! propose mon père en se dirigeant vers une autre table.
— Tu vas où tu veux, moi, je reste là, proteste Dany.

Au dire d'Adrien, j'étais une fille de rien, je détournais Dany de l'affection de son père avec l'aide de sa femme. Je n'avais pas ma place ici, enfin, la chanson habituelle. Tous trois, nous sommes restés silencieux. Il a fini par se décourager et a quitté la table.
— Ouf, dis-je. Notre mutisme a coupé court à ses reproches, bonne solution.
— Tu ne me demandes rien sur ma visite d'hier soir ?
— Inutile, j'ai écouté avec les Interphones, reconnaît ma mère en rentrant la tête dans les épaules, pas fière du tout.
— Alors, je résume pour Dany…
— Pas la peine, Aline m'a raconté !
— Je vois ! Tu connais l'avis du juge. Quand partons-nous à l'assemblée générale de ton groupement ?
— Dimanche matin.

Chapitre 8

Huit cents kilomètres dans les trains avec un changement à Paris, j'ose le dire, un régal ! Ce n'est pas le voyage en lui-même qui m'enchante, c'est ma rencontre avec Aline. Oui, je peux le dire : une rencontre. Elle est si différente, plus proche, plus douce, plus complice, ce n'est plus une mère de seconde main, c'est une grande sœur. Est-ce l'éloignement d'Adrien, je ne saurais le dire ?
   J'ai découvert chez cette femme que je croyais connaître, gentillesse, générosité et culture, des qualités bien dissimulées jusqu'ici, sans doute pour ménager la susceptibilité de son homme. Je serais flattée si le juge ou la psy retrouvaient en moi des traits de caractère de ma mère. Pourquoi me compare-t-on toujours à mon père ?

Nous sommes installées dans une belle chambre avec un seul lit à deux places. Maman était désolée. J'ai refusé de changer pour une chambre à deux lits, cette promiscuité ne me gêne pas. J'ai fait le tour de la pièce et de la salle de bains. Curieuse et opportuniste, je comptais copier quelques idées pour notre pension.
   Le soir, nous sommes allées au cinéma. Nous avons mangé dans un restaurant où nous sommes tombées d'accord pour affirmer que notre cuisine était meilleure et moins chère. Une bonne soirée, excitée, j'ai eu du mal à m'endormir.

— Allez, à la douche, commande fermement ma mère en me réveillant.

J'ai mal dormi, je m'exécute en ronchonnant. Je réalise brutalement le parallèle avec le caractère de mon père. La comparaison calme immédiatement ma mauvaise humeur.

— Reste discrète dans la salle à manger, tu n'es pas censée m'accompagner, conseille maman en chemin.

Je me suis glissée dans un coin d'où je pouvais observer les gens. Une fois assis, chacun s'est présenté. Je me suis sentie très fière. Parmi quatre-vingt-trois responsables, il n'y a qu'une femme, maman ! La conversation étant ennuyeuse au plus haut point, j'ai décidé d'explorer l'hôtel. Je parcourais les couloirs en ouvrant quelques portes pour jeter un coup d'œil quand une voix forte m'a fait sursauter.

— Eh la petite ! C'est interdit par ici, tu ne sais pas lire ? râle un homme d'une cinquantaine d'années, ceinturé par un tablier blanc.

— Excusez-moi, les discours m'ennuient, dis-je en montrant la salle de réunion.

— Tu es avec eux ! Pas marrant pour une gamine, c'est certain ! Tu as déjeuné ?

— Oui et non, enfin… je ne devrais pas être là !

— Viens par ici, suis-moi, dit l'homme en me précédent.

Une cuisine magnifique, tout est en inox et d'une propreté méticuleuse. Une salle d'exposition comme dit Adrien à propos de ma chambre. L'homme me sert un bol de chocolat où il y a plus de chocolat que de lait et pose une panière remplie de croissants devant moi.

— Ton père n'est pas très sympa ! Amener sa fille à une assemblée, je te plains, il ajoute en me proposant diverses sortes de confitures. Ce n'est pas la place d'une gamine.

— Ce n'est pas mon père…

— Ton beau-père, ton oncle, ton parrain, peu importe, c'est de la folie… des parlottes financières, des bilans, c'est déjà barbant pour nous. Enfin, mange !
— C'est ma mère et il lui était impossible de faire autrement, c'est tout !

L'homme a froncé les sourcils comme s'il réfléchissait intensément. Il m'a regardée avec un drôle d'air.
— Il n'y a qu'une femme parmi les gérants…
— Effectivement, je n'ai qu'une mère, enfin presque !
— La seule femme, c'est Aline et elle est mère d'un garçon qui s'appelle Dany, ça j'en suis certain !
— Je me prénomme Danie effectivement ! Alors, vous connaissez ma mère ?
— Si je la connais ! Elle a travaillé ici plusieurs années avant d'être nommée gérante. Et c'est un fils qu'elle a sans erreur possible, j'ai changé ses couches assez souvent pour n'avoir aucun doute sur son sexe.
— J'en suis certaine ! Il y a simplement eu du changement depuis cette époque. Elle vous l'expliquera peut-être.
— Il faut que je surveille ma brigade de cuistots à la manque, ces bons à rien font n'importe quoi. Tu peux rester avec nous si tu veux.

Maman a travaillé ici, encore une chose inconnue pour moi. J'imagine Dany passant de main en main pour les tétées et les changes. Il devait être le chouchou de tout l'hôtel. Ayant la bénédiction du chef, je me suis baladée un peu partout observant avec intérêt les préparatifs du repas. Lors de la présentation des entrées, malgré moi, je mimais les gestes du cuisinier.
— La cuisine te passionne, dirait-on ? demande le chef.
— La cuisine, non pas trop, par contre j'aime décorer…
— La présentation compte, c'est vrai !
— Je peux préparer l'assiette d'Aline pour l'entrée ?

— C'est une noix de Saint-Jacques, mayonnaise avec une tomate cerise fendue en forme de fleur pour le décor.

— Très joli, je vais me contenter de dessiner un motif ! Vous avez une petite poche à décorer ?

Munie d'une assiette vide et de la poche, je m'installe dans le coin du pâtissier. J'étale un peu de glaçage à la pistache, je l'essuie grossièrement ensuite.

— Tu as raté ? demande le pâtissier.

— Mais non, quand le bord de l'assiette est collant, le dessin tient mieux.

— Vous pouvez disposer la noix, dis-je en donnant l'assiette au chef, un peu surpris par mon motif.

— Beau dessin à la pistache, ce n'est pas très assorti aux fruits de mer !

— Peu importe, j'ai piqué la matière première du pâtissier, c'est simplement pour dire à Aline que tout va bien !

— Ta mère va comprendre ? Un D… Danie, je suppose !

— Oui, et le V qui le barre est un sourire qui veut dire « tout va bien », comme les smileys.

— Très réussi comme symbole, affirme le chef.

— Nous en faisons souvent quand nous avons des repas d'anniversaire de gamins. J'écris le prénom de tous les gosses sur les parts de gâteau, cela plaît beaucoup !

— Le dessert, c'est un mille-feuille à la pistache. Une frimousse tout sourire couleur chocolat sur le glaçage devrait détendre la réunion. Qu'en penses-tu ?

— Peut-être, mais ils sont plus de quatre-vingts et le dessert approche à grands pas, je me récrie aussitôt.

— Avec le pâtissier, à deux c'est bon ?

Me voilà chargée de mission. Décidément, je suis trop gentille, partout où je passe, je me fais avoir, on a toujours besoin de moi.

— Aujourd'hui, nous allons manger de bonne heure, je vous en fiche mon billet. Ils vont commencer la réunion bientôt, prévoit le chef.

Effectivement, une heure après je déjeunais avec le personnel. L'ambiance est plus détendue et plus amusante que celle de la pension. La question du chef, (appelé Rémy par sa brigade), m'a surprise.

— Que veut faire Miss Pistache cet après-midi ? Tu as gagné droit au repos, alors sieste, promenade, bowling ?

— Bof ! Je n'ai pas ce qu'il faut pour faire ce qui me plairait, alors on oublie.

— Qu'est-ce qui te plairait ? demande le pâtissier.

— Piquer une tête dans la piscine.

— Tu peux y aller, elle est ouverte et chauffée.

— Je n'ai pas de maillot, je déplore aussitôt.

Le pâtissier est allé chez lui cherché chercher un maillot de sa fille. Elle est un peu plus jeune, mais ce genre de vêtement s'étire de partout et je n'ai pas encore grand-chose à cacher. Un vrai délice, une piscine rien que pour moi.

Chapitre 9

— Madame Duguet, la place à ma droite vous revient de droit, précise le PDG du groupe en s'installant pour le repas, le directeur financier à ma gauche.
À l'arrivée de l'assiette de l'entrée, Aline a immédiatement compris la signification du message à la pistache. Avant qu'elle ne s'aperçoive qu'elle avait la seule assiette décorée, le président s'exclame :
— Voilà un hommage particulier à la seule femme chef d'établissement. Messieurs la galanterie n'est pas un vain mot chez Pension-Famille.
Maman a rougi, ne sachant plus où se mettre, j'attendais ce moment avec impatience depuis le passe-plat, son embarras me faisait plaisir.
— D, comme Duguet, affirme le grand patron.
— Oui, Oui, vous savez, j'ai travaillé longtemps ici. Le personnel n'a guère changé, tous me connaissent, souligne maman très intimidée ne voulant pas dévoiler ma présence.

Ensuite, dans la salle de réunion, les gérants sont rangés selon la date de leur nomination, ce qui place Aline au début de l'avant-dernier rang. Le projecteur vidéo affiche l'image des comptes, un tas de courbes et de comparaisons, le directeur financier les commente avec précision. Puis le PDG prend la parole.
— Comme vous le constatez, nos chiffres sont stables, si nous n'avons pas augmenté, nous n'avons pas reculé non

plus. Toutefois nous savons qu'une entreprise ne doit pas stagner. Comme à vélo, quand on n'avance pas, on tombe ! Approbation générale des membres et générale.

— Tous les établissements stagnent, sauf un, lance le patron. Je laisse le soin au directeur financier de détailler cette exception.

— C'est simple : augmentation du chiffre de douze pour cent en juin, de dix-sept pour cent en juillet et vingt-deux en août. Soit une moyenne de dix-sept pour cent sur le trimestre. L'augmentation concerne la fréquentation mais aussi le chiffre d'affaires général et celui de la boutique.

— Ces résultats parlent d'eux-mêmes, commente le patron. En examinant dans le détail qu'avez-vous trouvé dans les comptes.

Comme un soulagement circule dans l'assistance : bons résultats... il y a un mais !

— J'ai trouvé un nombre de menus pour les enfants plus importants, pratiquement sans hausse des achats des matières premières qui vont avec. Des services de plus de cinquante convives ont lieu le samedi et le dimanche, mais aussi le mardi et le vendredi soir, sans parler des goûters du mercredi après-midi.

— Qui a dit qu'il était impossible d'organiser des soirées en semaine ? questionne sévèrement le PDG. Tous ces résultats confirment le choix d'un chef de Pension que j'ai fait il y a quelque temps, contre l'avis de la plupart d'entre vous, je tiens à le préciser.

— En réalité, reprend le responsable financier, un poste a augmenté dans ce bilan : celui des petites fournitures a pris vingt pour cent de rallonge.

Un grand sourire fleurit sur les lèvres des participants vexés de cette réussite les mettant en position de faiblesse.

— Ce qui représente une augmentation négligeable de 0,8 % des recettes supplémentaires générées.

Le sourire de l'assistance disparaît.
— Il est souhaitable de connaître le chemin qui conduit à ce résultat. S'il vous plaît, Mme Duguet, pouvez-vous nous expliquer comment vous avez réalisé ce tour de force ?

J'aurais donné la moitié de ma vie pour assister à cet épisode. Le soir, maman me l'a raconté, elle était rouge de honte, complètement abasourdie, elle ne pensait même pas que ces chiffres étaient les siens. Presque en larmes, elle s'est défendue :
— C'est à cause de ma fille, a-t-elle répondu sur un ton d'excuse. C'est ma fille Danie…
— Votre fille ? Je croyais que vous aviez un garçon ! Peu importe, vous avez consulté les statistiques…
— Comme si j'avais le temps de regarder votre bazar, je passe déjà la moitié de la nuit et le dimanche à tenir les comptes à jour. Vous ne prenez pas la mesure du travail effectué, le personnel commence à se plaindre !
— Effectivement, il y a eu seulement quelques heures d'extras supplémentaires, précise le financier.
— Aline, expliquez-nous !
— Il n'y a pas grand-chose à dire, c'est son idée à elle. Pendant que les adultes festoient, Danie s'occupe des enfants dans une petite salle que nous avons aménagée en atelier. Chacun y trouve son compte, c'est tout simple, insiste Aline. Les clients sont heureux de ne plus avoir les gamins sur le dos et les gosses contents d'être débarrassés des parents.

Le débat est lancé, l'idée circule, certains y sont favorables, d'autres non. Les arguments négatifs énervent Aline. Finalement, elle proteste :
— Je ne demande à personne de faire comme nous, s'emporte Aline. Je vous préviens, Danie ne s'occupera plus de rien, à quatorze ans, elle a autre chose à faire.

— Quatorze ans ! s'exclame le président, cette idée de gamine nous apporte vingt pour cent de recettes. Je me demande pourquoi je paie une fortune un staff de soi-disant spécialistes pas bons à grand-chose.
— C'est un peu par hasard, se défend Aline.
— Désormais, je ne vais embaucher que des gens reconnus par le hasard, s'amuse le président.
Il reprend après un temps.
— Je veux rencontrer cette petite, le plus vite possible, insiste le patron. Aline, nous prendrons rendez-vous !
— Elle est… elle est ici, murmure-t-elle.
— Faites-la venir, demande le président après un instant.

*
***

On est venu me chercher à la piscine où, depuis le bord, je m'amusais à sauter dans l'eau sans arrêt complètement écartelée faisant des sauts insensés, pour provoquer les plus spectaculaires éclaboussures possibles.
— On te demande à l'étage, m'a dit Rémy en jetant une grande serviette sur mon dos.
Immédiatement, j'ai pensé au pire, l'engueulade pour mes exploits à la piscine. S'ils ont découvert ma présence, les reproches vont être pour ma mère et moi. À l'étage, Rémy m'a poussée dans la salle de réunion et pratiquement portée sur l'estrade près du grand patron. J'en tremblais, un savon par le grand chef lui-même ! Dans le fond de la salle le sourire de maman m'a un peu rassurée. Discrètement elle a levé le pouce.
— Bonjour belle naïade, tu peux te présenter !
— Je suis Danie, la fille d'Aline, mais je ne vois pas…
Aux questions du patron, j'ai vite compris le motif de ma présence devant l'assemblée.

— Je suis bien placée pour savoir combien les repas et les réunions d'adultes sont ennuyeux pour les enfants. Demandez aux vôtres, vous verrez !

— Je n'ai pas d'enfant, précise le patron.

— Une noce avec dix-sept enfants, dont le plus vieux avait mon âge, m'a donné l'idée de faire bande à part. Les enfants aussi savent faire la fête, il suffit de leur en donner l'occasion. Tout simplement !

— Sans doute, toutefois pour attirer les familles chez toi, il faut se faire connaître et s'organiser, insiste le patron.

— Nous faire connaître ! Pas besoin, nous avons déjà trop de monde. Tout se propage par les enfants, c'est bien connu, ils en parlent à l'école et ne manquent pas de se vanter d'une bonne soirée ou d'un excellent anniversaire. Ce n'est plus du bouche-à-oreille, c'est radio locale !

J'ai expliqué notre façon d'amuser les enfants, les photos rigolotes pour la boutique, les danses, les chants, les jeux, les messages peints sur les desserts, tout un ensemble qui fait plaisir aux clients.

— Il n'y a qu'une façon d'apprivoiser les jeunes, il faut faire ce que vous, les vieux, vous oubliez tout le temps : les traiter comme des grands, comme des égaux. Même à cinq ans quand ils traînent un vieux doudou partout pour se rassurer, ce sont des grands !

— L'assiette d'Aline et les millefeuilles, c'était ton idée n'est-ce pas ?

— ... Oui...

Je commençais à avoir froid sous ma serviette humide quand le monsieur *pépettes*, enfin le directeur financier a demandé :

— Beaucoup plus de menus pour les enfants, c'est normal, toutefois le coût global n'a presque pas augmenté. Tu peux expliquer ?

Il m'énerve celui-là, il renâcle sur tout, il veut ma mise à mort ou quoi !

— Je ne peux rien expliquer, je ne sais pas compter ! Vos histoires de sous je m'en fiche. Je trouve qu'il est idiot de remplir de poisson l'assiette d'un gamin qui n'aime pas le poisson, c'est tout. Je marque les prénoms sur mon carnet pour les écrire sur les parts de gâteau, et j'ajoute ce que je sais sur leurs goûts. En cuisine, on met une part de poisson minuscule, avec une touche de crème que le gamin avalera sans se forcer et une bonne part de purée qu'il aime. Le prix est réduit et le petit est content. Au pire les parents affirmeront « Le gamin déteste le poisson, mais le leur était tellement bon qu'il l'a tout mangé. »

Un peu frigorifiée, je serrais fort la serviette contre moi à deux mains. La surprise passée, les applaudissements ont presque réchauffé mon corps, juste au moment où le président me demande avec un grand sourire :

— Danie, peux-tu te lever et venir devant l'assemblée...

D'un coup, une montagne de glace m'est tombée dessus. Maman avait l'air aussi surprise que moi par cette demande. Le patron attendant, tranquillement, il a ajouté :

— S'il te plaît Danie... juste une minute.

Maman restait neutre, elle ne bougeait pas un cil. Le patron m'a prise par la main et en me faisant tourner sur moi-même a dit :

— Messieurs voici ce que sera notre image pour l'avenir : jeunesse, intelligence et sensibilité. Va te baigner, merci encore ma fille, a-t-il murmuré à mon oreille.

Je n'ai pas hésité une seconde, affolée, serrant la serviette autour de moi, je me suis sauvée comme si j'étais poursuivie par une meute de loups affamés.

Je suis passée raconter mes aventures à Rémy. Le crédit certain qu'elles apportaient à mes idées commerciales me réjouissait. Maman m'a rejointe dans la chambre une heure après. Nous étions comme séparées par un mur, j'ai pris cette attitude pour une punition.

— Pardon, je n'ai pas su rester discrète, je suis réellement désolée...

— Ne le soit pas ! Tu ne connais pas la nouvelle, ajoute Aline en se jetant sur moi.

— Quelle nouvelle, dis-je m'attendant au pire !

— Tout à l'heure nous avons un dîner de travail avec le président, je suis désolée.

— Bof, et de quoi ? Je mangerai avec Rémy à la cuisine, ce n'est pas grave. Tout ira bien.

— Idiote ! Nous avons rendez-vous toutes les deux !

Nous avons dîné dans une petite salle proche de la cuisine avec Rémy et le président. Celui-ci a exigé que nous l'appelions Christian. J'ai dû expliquer dans le détail le fonctionnement de notre *garderie à marmaille*. Rémy, après moult questions, a convenu de la possibilité d'appliquer le système du menu personnalisé pour les enfants. Le patron, plus rétif, reconnaissant la modicité de l'investissement, a précisé qu'il était indispensable de faire appel à une personne ayant les diplômes nécessaires pour s'occuper des enfants.

La suite a été très familiale. Maman a raconté la soudaine transformation de son garçon en fille et tout le monde est tombé d'accord pour dire qu'Aline avait tout gagné à cet échange. Ce que seul Adrien pourrait démentir. J'ai passé les deux jours suivants à me laisser chouchouter par tous, profitant de la piscine et des équipements de l'hôtel. Pour une fois, j'étais une cliente de marque ! Maman a avoué la joie qu'elle éprouvait à être servie comme une princesse par le personnel.

De retour à la maison, la vie a repris. Adrien me paraissait moins excessif dans ses propos. J'ai vite compris qu'il évitait de m'affronter directement, il lâchait sa hargne sur la pauvre Aline. La situation devenait difficile à tenir. C'est le moment que choisit le juge pour me convoquer. La convocation ne précisant rien et l'avocat devant m'y rejoindre, j'y suis allée seule dans le taxi commandé par Aline. Je voulais parler au juge.

La signature des documents rédigés l'autre nuit expédiée, j'ai retrouvé la bonhomie du juge, aussi me suis-je lancée.

— Je souhaite vous parler de quelques événements qui me gênent, dis-je en préambule.

— Ton intervention dans les hautes sphères de la gestion des pensions de famille par exemple ! Je suis déjà informé.

— C'est pire que la CIA ici ! Qui vous a raconté cette histoire ? Je suppose que l'on a bien insisté sur ma fâcheuse tendance à me mettre en avant ?

— On m'en a parlé. Ce n'était pas le sujet d'ailleurs. Je le dis une fois de plus : je ne suis pas ton tuteur, les décisions sont à prendre par tes parents Aline et Adrien…

— C'est à ce propos que je souhaite vous parler. Adrien me fiche un semblant de paix, il se défoule vers Aline, c'est insupportable, faites quelque chose. J'ai regardé sur Internet, une mesure d'éloignement, c'est possible ?

J'ai quitté le cabinet sur la promesse d'une intervention.

*
***

Quelques jours après le président du groupe a débarqué à l'improviste, scotchant sur place les employés tremblants de trouille. Maman n'était pas là, j'ai répondu à l'appel dé-

sespéré du chef. Je suis arrivée à la réception et devant le personnel au garde-à-vous, le grand patron m'a embrassée.
— Bonjour Christian, ravie de vous revoir !
— Bonjour ma fille, montre-moi ta façon de t'y prendre en attendant Aline.

De la folie, il a essayé les déguisements et je l'ai pris en photo. Nous avons terminé la visite par les cuisines où notre chef a été très chaleureux à l'égard de mes idées. Aline, les bras chargés de cartons, est arrivée en terrain conquis. Le soir, nous avions cinquante-trois couverts dont douze enfants, pour fêter l'anniversaire d'un gamin de dix ans. À mon avis, Christian l'avait vu dans les réservations, cette visite n'était pas due au hasard. Tout s'est passé à merveille, nous avons reçu mille et une félicitations et remerciements, tant des enfants que des parents. Ils ont promis de revenir et de parler de nous à toutes leurs connaissances.
Le lendemain, le président nous a fait part de sa décision. Notre *marmaille* sera lancée officiellement ici et dans deux autres centres. Si le succès est au rendez-vous, le système sera généralisé aux quatre-vingt-trois établissements Pension-Famille de France, voire à l'étranger.
— Danie, viens par ici, demande Christian en se dirigeant vers une table isolée.
Je m'y installe sans méfiance pensant avoir largement mérité une montagne de remerciements personnels.
— À la réunion, j'ai parlé de notre image pour l'avenir, tu t'en souviens. Ce n'était pas pour rien.
— Le jour où les gérants m'ont vue dans mon maillot de bain, toute tremblante sous ma serviette ! Affreux !
— Ceux-ci t'ont vue *officiellement*.
— Officiellement, c'est quoi cette histoire ?
— Quand tu sautais dans la piscine, tu ne te posais aucune question. Pourtant depuis les fenêtres, beaucoup de

clients et même le personnel s'amusaient beaucoup en suivant tes plongeons dans l'eau. Tu attires le regard.
— Foutaises ! Qui vous a raconté un truc pareil ?
— La télésurveillance des couloirs !
— J'attire aussi le regard de verre des caméras ?
— Nous avons pensé mettre ta photo sur nos dépliants, ce serait un attrait supplémentaire. Es-tu d'accord ?
Je ne m'attendais pas à ce genre de proposition. Dire que je n'étais pas flattée serait un mensonge. D'un autre côté, je ne me voyais pas accepter. Puis, comme à chaque idée de défi, l'image d'Adrien surgissait dans mon esprit. La fille capable de rien choisie pour représenter Pension-Famille, un véritable camouflet pour lui. Je me demande jusqu'où m'entraînera cette joute avec mon père. Je finis par m'entendre murmurer, comme malgré moi :
— Je suis d'accord, mais pas en maillot de bain !
J'ai vu une ombre passer sur le visage de mon interlocuteur. J'avais deviné juste. Je ne dis rien en attendant sa réponse, me doutant qu'il ait prévu mon objection.
— Dans le cas du dépliant d'une pension les pieds dans l'eau, il est difficile de t'y représenter habillée jusqu'au cou.
— Il y a beaucoup de filles, vous avez le choix, une fille ou une autre ! La personne en elle-même, elle ne compte pas, ou si peu !
— Non, nous avons besoin de toi. Danie, l'initiatrice du projet *Marmaille*, c'est le nom que nous avons choisi et tu es une fille de la maison en quelque sorte. Je souhaite une image unique pour tous les endroits et toutes les saisons. Tu changeras de tenue selon les circonstances, mais ce sera toujours toi notre image, la même image,… notre image à nous !

Quelle corvée, trois semaines à poser devant toutes les Pension-Famille de France. Une folie ! Tenue d'été, d'hiver, de ski, de montagne, à la piscine, sur un cheval, sur un vélorail, une planche à voile, même pendue à un parachute devant un faux ciel. À la fin, je ne savais plus où j'en étais, une Barbie que l'on habille et déshabille selon son caprice. Le capteur de l'appareil photo doit encore avoir mon image floue marquée en fond du LCD.

— Lucie, j'en ai marre, ai-je avoué désespérée.

C'est vrai, je ne l'ai pas encore dit, Aline étant occupée à la pension, c'est Lucie Lambert (mon ancienne maman) qui m'accompagnait partout. Je ne vous dis pas le déplaisir évident d'Adrien devant cette situation. Il évite l'affrontement, le juge l'ayant menacé plusieurs fois de prendre des mesures d'éloignement. Il se contente de marmonner dans sa barbe en permanence.

— Une fille indigne va se plaindre et c'est moi que l'on menace de ficher dehors. On marche sur la tête.

— C'est simple, il te suffit de nous ficher la paix. Je sais, pour toi c'est difficile d'admettre que ta femme vaut cent fois mieux que toi, je lâche en colère.

— Facile de me débiner avec ta complice, cette Lucie. Au moins, mon fils n'a pas envie de poser ni de se lancer dans des choses si dégradantes.

Mon départ pour les séances de photos a rompu notre combat routinier.

Chapitre 10

Mi-décembre, les flyers sont parus. Pour rien au monde, je n'aurais avoué ma fierté. Les images me plaisaient bien, même celles où je portais un maillot de bain. Chose qui ne gâte rien : les dépliants sont attractifs.

Tout le monde m'en fit des compliments. Mon père fut vite excédé par cette avalanche de félicitations pour cette fille qu'il refuse de reconnaître comme sienne. Plutôt que de réviser son jugement, il prit la décision de ne plus nous parler. Ouf, la paix.

À la pension, je ne m'occupais plus des enfants, ce qui ne m'empêchait nullement de jouer avec eux. J'en avais toujours quelques-uns collés à moi. *Personnaliser* était la devise de la maison *de l'assiette à la boutique*. Les casquettes et autres tee-shirts avec ma photo ou celle que j'avais prise du bâtiment se vendaient pratiquement à tous les convives petits et grands. Je signais des autographes sur les dépliants et les tee-shirts surchargés des prénoms et des inscriptions ajoutées par les clients, et même sur des bouts de papier, la folie ! Un hiver tranquille, quoi !

En mars, Adrien relança la bagarre avec son amabilité habituelle en me traitant de « feignasse ».

— Tu ferais mieux d'aller chez ton copain, si tu recommences, t'es à la rue, tu te souviens des propos du juge, je murmure en le bravant d'un regard sévère.

— Ce n'est pas parce que mademoiselle affiche sa sale tête dans les agences de voyages qu'elle va commander ici. C'est toi qui n'es pas à ta place chez nous, vas donc chez les Lambert, hurle Adrien. Tu peux même y aller avec ta mère, bon débarras !

— Tu sais, parfois, je me demande comment cette brave Aline a pu faire une gentille fille comme moi, avec un affreux bonhomme comme toi, j'ai murmuré juste assez fort pour qu'il entende.

— Tu vas le payer...

— Adrien ! l'interpelle ma mère. Finalement, Danie a raison, souvent je pense la même chose !

— Qui se ressemble s'assemble, lâche le bonhomme avant de sortir en claquant la porte.

Maman a rejoint son bureau avec un sourire complice.

— Je vous ai connue plus féroce.

Je me retournais et me trouvais nez à nez avec une femme d'une quarantaine d'années, les cheveux courts, les yeux verts, un visage pas tout à fait inconnu, sans qu'il arrive à fixer ma mémoire.

— Tous les jours ne se ressemblent pas, dis-je sans me mouiller, cherchant toujours où j'ai vu cette femme.

— Cherche pas, ce jour-là, tu étais, comment puis-je dire, un peu à nu ?

Je n'arrive toujours pas à situer ce visage.

— Tu lui avais jeté ta robe au visage..., je suis restée quelques jours, je faisais un repérage dans la région.

— Ah ! excusez-moi, je ne vous ai pas reconnue.

— Moi, je n'ai pas oublié la petite qui a choisi la plus folle des actions pour montrer sa rébellion et rendre son père ridicule aux yeux de tous !

Qu'est-ce qu'elle me joue l'autre avec son charabia, je n'ai rien choisi du tout et à cette époque-là l'idée de ridiculiser mon père n'était certainement pas à l'ordre du jour. Je me contentais de raser les murs.

— Vous maniez pas mal les mots, vous faites quoi dans la vie, si ce n'est pas indiscret ?

— Je suis assistante de production et je viens parler à Danie Duguet, c'est bien toi ?

— C'est elle, mais elle n'a rien à vous dire ! dis-je aussitôt. Je ne ferai plus une seule photo de ma vie, vous perdez votre temps. Vous voilà prévenue !

Maman est arrivée, tendant la main vers la visiteuse.

— Bonjour, madame Level, asseyons-nous. Vous vouliez me parler.

J'étais estomaquée, l'assistante avait rendez-vous avec ma mère. Je me levais pour m'éloigner, elle m'a retenue.

D'après Isabelle Level, ma situation était incroyablement compliquée. Je ne devais plus savoir qui j'étais ni reconnaître mes parents et le changement de famille devait être insupportable. Comment vivais-je cette désagréable et lamentable affaire ? Un Reality show extraordinaire unique et passionnant, d'après elle ! De quoi enflammer les foules. Les Lambert étaient d'accord pour participer, ma mère me laissait la décision, c'était donc à moi de trancher.

— Un mot suffira : non ! Depuis longtemps, je reconnais très bien mes parents.

— Tu ne veux pas réfléchir ? propose l'assistante.

— Je ne pense pas, au revoir madame Level.

Je me réfugiais dans ma chambre. Cette fois, ma rage contre Adrien ne parvint pas à changer ma décision. À vrai dire, je ne savais même pas ce qui motivait ce refus. L'assurance de la femme ? Possible. Elle croit que tout le monde s'écrase et dit Amen ! Pas moi !

Le soir, Aline est venue me rejoindre, comme tous les jours. Le petit câlin de la gamine ! Eh alors, je n'ai pas encore coupé le lien de l'enfance, j'ai encore le temps, non !

— Dany a appelé pour connaître ta décision, il te laisse libre de choisir. Un brave garçon quand même, il n'est pas le fils de ton père, il n'y a pas besoin d'analyses ADN pour s'en rendre compte.

— Non, pas besoin, c'est moi qui ai hérité du caractère de cochon, tout le monde le sait, même *ta* Level !

— Je suis désolée, une cliente demande à voir la patronne, j'accours, je ne savais pas du tout ce qu'elle mijotait.

Le matin, je suis partie au lycée le cœur léger, j'avais pratiquement oublié cette proposition. À la fin des cours, je rigolais avec Dany quand il m'a questionnée.

— Qu'as-tu décidé pour la télévision ?

— J'ai dit non, et toi ?

— Moi, je ne compte pas, affirme Dany, c'est toi l'étoile qui brille, je ne suis que l'ombre. Si tu as de la marmaille mercredi, je viendrai bien avec vous ?

— Non, mardi soir ! tu seras le bienvenu, tu le sais !

— Je vais le faire son reportage, dis-je à ma mère, à peine rentrée à la Pension.

— Tu vas le faire, tu as changé d'avis ? Encore pour défier et narguer ton père, je suppose ?

— Comment sais-tu que mes actions sont conditionnées par la réaction d'Adrien ?

— Tellement prévisible, pas la peine de chercher !

— Cette fois, c'est loupé. Je le fais pour Dany...

— Ah, je n'y avais pas pensé !

— J'ai eu la photo du dépliant et beaucoup de choses. Il est exactement dans la même situation que la mienne, seulement tout le monde s'en fiche, c'est injuste. Pour une fois, nous serons ensemble.

J'ai mis l'assistante au pied du mur dès qu'elle a accouru après notre coup de téléphone. J'avais préparé mon coup !
— Je vous préviens, je ne dirai du mal de personne, même pas de mon père. Les sujets interdits et les limites imposées à vos questions seront précisés dans le contrat ainsi qu'un droit de retrait pour préserver ce que je ne souhaite pas divulguer. Un contrat conforme à ce modèle sera signé, j'ajoute en posant des feuillets sur la table.
La surprise de madame Level était palpable.
— C'est ça ou rien, la balle est dans votre camp !
J'ai quitté la salle comme une reine, pas mécontente de moi. Aline est venue aux nouvelles, une heure après.
— Où as-tu trouvé ce contrat ? La Level ne le signera jamais, elle grinçait des dents en le lisant.
— Tu veux que je clame sur tous les toits la phobie de mon père pour les enfants de sexe féminin, comme il dit, ou je ne sais quoi encore ?
— Non, bien sûr, mais dans ce cas, tu n'auras plus rien à dire à la télévision !
— Le contrat est solide, j'ai contacté Christian, ce protocole d'accord a été établi par les avocats du groupe.
— Ce n'est pas son problème ! avance maman.
— Tu n'as rien compris ! Il est ravi de la pub que je vais lui faire en montrant la fille de son dépliant éclairée par des LED dans la lucarne magique et gratos pour lui, encore !
— Éclairée par des LED ?
— À la télévision pour parler plus simplement !

Je me souviens de cet épisode affirme la psychiatre, n'ayant pu se retenir d'assister à l'enregistrement du reportage. Tout s'est merveilleusement passé, racontera-t-elle un peu plus tard. Dany était venu avec ses parents, Danie avec sa mère. Adrien minimisait l'affaire ou faisait semblant de ne pas en faire de cas et refusait tout net d'y participer. Finalement, sa conduite était assez surprenante. Il aurait dû être fier de cette paternité.

Assis sur un canapé en demi-cercle, aucun des cinq n'était rassuré. Lucie et Aline ont été interviewées en premier. Puis ce fut le tour des enfants, Dany pour commencer. Intimidé, le garçon fit face aux questions des invités et des internautes avec courage.

*
***

Depuis le début, Danie se contentait de sourire à la caméra qui la filmait. Son regard se posait sur chacun des spectateurs, restant un moment sur chaque enfant, essayant sans doute de deviner la curiosité de chacun. Avant même qu'elle n'ait dit un mot, je sentais l'attirance du public vers cette gamine au destin si compliqué. Il était conquis. Comme je l'étais moi-même, Danie me surprenait de séance en séance et, finalement, les rôles étaient presque inversés entre nous. J'étais heureuse de ces rencontres, certainement plus que ne l'était ma patiente.

— Danie, si j'ai bien compris ton père est nul, pourquoi il vit avec vous, enfin sous le même toit ? Lance insidieusement un spectateur.

Connaissant la petite, je m'attendais à une répartie sans indulgence. Je fus surprise du calme de sa réponse.

— La place d'un mari est auprès de sa femme et celle d'un père près de sa fille. Maman est une victime, comme moi. En plus de Dany, qu'elle croyait son fils, vous voulez la priver d'Adrien ! Monsieur, vous avez une drôle d'idée de la vie en famille !

— Votre père ne vous aime pas ! souligne méchamment un autre spectateur.

— C'est vrai, je suis une inconnue pour lui ! Mon père préfère le garçon qu'il connaît depuis plus de quatorze ans ! Et alors est-ce un délit ? Il a du mal à accepter qu'une fille prenne sa place et éparpille gaillardement sa vie ! C'est compréhensible non ?

Le présentateur a essayé de recentrer le débat :

— Pour éparpiller sa vie, vous avez l'air bien trop sage.

— Vous croyez tous les enfants mignons, gentils et doux, s'exclame Danie ! Détrompez-vous, nous avons une intelligence, une force de caractère et une débrouillardise que vous ne soupçonnez même pas. Il ne nous manque que le savoir et l'expérience, le restant, nous l'avons déjà !

Les applaudissements du jeune public ont salué cette remarque. À partir de là, je savais que Danie avait gagné.

— Il paraît qu'un jour de colère, vous vous êtes déshabillée en public pour jeter une robe qui ne vous plaisez pas.

— Vous êtes mal informé... commence le présentateur.

— C'est exact, se défend la petite... excusez-moi... monsieur, je ne connais pas votre nom ?

— Étienne précise l'homme portant un badge de Presse.

— Je situe le conteste ! Mon père est près de ses sous, habiller une fille qui débarque avait provoqué un certain mécontentement de sa part.

— D'où l'idée... commence Étienne.

— J'ai simplement choisi la plus folle des actions pour signifier ma rébellion et rendre mon père et son avarice ridicule aux yeux de tous ! a répliqué Danie, les yeux rivés sur ceux de Mme Level. J'ai retiré ma robe pour la jeter à sa figure. Toute la salle s'est fichue de lui. Voilà histoire vraie !

Danie, survolant de débat, a répondu avec douceur aux questions les plus méchantes. J'étais surprise par son grand calme.

— Votre mère divorcera sans doute à cause de vous, insinue un spectateur.

— Nous ne répondrons pas à cette question, précise le présentateur, voyant Aline faire signe de couper.

— Quelle idée, réplique Danie. Quand les femmes quitteront les hommes râleurs, le monde ne sera peuplé que de divorcés. L'inimitié entre mon père et moi s'amenuisera bien un jour ou l'autre !

Un optimisme que je ne partage pas. Adrien a l'air bien entêté. Je comprends rapidement l'idée de ma petite patiente, elle est à la parade ! C'est une mascarade, elle se fait douce pour ménager tout le monde, pense Hélène.

— Puisque l'on me laisse le dernier mot, termine Danie. Je tiens à préciser quelques points. Je me fiche complètement de qui a pratiqué cet échange. Je suis la fille d'Aline et Adrien, un point c'est tout. J'ai deux pères et deux mères, Dany est comme mon frère. Regardez-nous... avons-nous l'air malheureux ?

— Votre père n'est pas ici ! insiste quelqu'un.

— C'est vrai ! Je le lui ai demandé ! Il a renoncé difficilement à m'accompagner, à venir se justifier. Je ne souhaitais pas l'amener sur ce plateau pour qu'il soit la cible des questions perfides que vous me jetez sans vergogne au visage, comme des cailloux.

— Incroyable cette gamine, s'amuse la psy le tournage fini. Elle a fait face sans n'incriminer personne, défendant son petit monde comme une mère poule. Elle a expliqué sa situation avec son franc-parler et un accent de franchise inimitable, même si c'était loin de la vérité, souligne Hélène.

— Elle était sincère dans sa démarche, émouvante, drôle et tout cela passe très bien à la télévision surtout avec l'expression de son visage qui supporte les gros plans, reconnaît Mme Level. Sans rien avoir d'un top-modèle, on ne pouvait s'empêcher de la regarder et de l'écouter.

— Tu as la tête des mauvais jours. Pourtant, tu as été magnifique, la félicite Aline dans le taxi les conduisant à la gare.
— Nulle tu veux dire ! Je voulais mettre Dany en avant, pas moi. Un fiasco total !

Chapitre 11

Une fois l'émission diffusée, je n'ai rien changé à mes habitudes. Le quotidien et la routine ont repris leur place. Rien de nouveau donc, si ce n'est l'agressivité de mon père.
— Tu m'as demandé de ne pas y aller ! Sacrée menteuse ! Tu m'as pratiquement empêché de t'accompagner, oui ! Tu me l'as proposé uniquement pour que le refus vienne de moi, pour libérer ta conscience ! Tout cela pour ne prendre aucun risque. Menteuse !
— Serais-tu venu ? je me rebiffe.
— Je n'avais rien à faire dans ta boîte à guignol, si ce n'est rire de tes mensonges !
— Dommage, la France entière aurait vu le seul homme au monde capable de renier et de rejeter sa fille ! j'éclate remplie d'une rage brutale.
— Tu ne seras jamais ma fille ! À un moment, j'étais prêt à l'admettre...
— Une nuit où tu rêvais sans doute !

Vers dix-sept heures, le samedi suivant, deux policiers en civil sont venus chercher Adrien. Ils l'ont menotté de façon spectaculaire et poussé dans une voiture de police. J'étais très gênée, heureusement l'auberge était vide. Maman était complètement repliée sur elle-même, au point d'avoir du mal à assurer son travail. Personne ne semblait savoir ce qui se passait. J'ai posé mille questions auxquelles je n'ai obtenu aucune réponse.

Ayant aucune nouvelle, vers vingt et une heures, maman a appelé le commissariat, la réponse fut brève « votre mari est en garde à vue ». Nous avons passé une nuit affreuse, serrées l'une contre l'autre, versant des larmes sur Adrien qui ne les méritait pas. Aline cherchait la raison de cette arrestation. Moi, je m'en doutais, mais je ne souhaitais pas l'accabler davantage en lui faisant partager mes soupçons.

— Monsieur Adrien Duguet vous êtes mis en examen pour la substitution des enfants Dany Lambert et Danie Duguet avec atteinte à l'état civil dans les deux cas, l'informe le juge le lundi matin lors de sa comparution.
— Vous pouvez vous asseoir dessus ! se réjouit ouvertement Adrien. Il y a plus de quatorze ans et prescription.
— Monsieur Duguet, ce n'est pas si simple, répond le juge. La prescription commence à courir au moment où les faits sont connus. La substitution a été découverte, il y a seulement quelques mois...
— Et alors... ?
— Vous allez être jugé et certainement condamné. Est-ce la perspective d'échapper à la punition qui vous rendait si arrogant et insupportable avec votre propre fille !
— Malgré la garde à vue, je n'ai rien avoué !
— Avec le témoignage de Guy Lambert et de l'infirmière, nous n'avons pas besoin de vos aveux !
— Les Lambert, le clan de cette fille...
— Vous avez créé beaucoup d'ennuis à ces enfants et n'espérez pas vous en tirer facilement. Sachant que vous êtes l'auteur de l'échange, votre méchanceté envers Danie ne plaide pas en votre faveur. Vous risquez trois ans de prison et quarante-cinq mille euros d'amende ! Trouvez-vous un bon avocat.

Adrien est rentré penaud à la maison. J'ai compris immédiatement la raison de ce silence, j'étais bien la cause de tous ses ennuis. Il y a eu une dispute très pénible entre Aline et Adrien. Le soir, nous avions un banquet à assurer. Après le travail, nous étions crevées l'une et l'autre, nous nous sommes retrouvées dans la chambre de maman.

— Quand j'y pense ! s'indigne ma mère, c'était lui, lui !
— Tu n'avais pas compris après la lettre que Guy a envoyée chez le juge ?
— Je ne sais pas..., c'est tellement... ma pauvre Danie ! Arriveras-tu à lui pardonner un jour ?
— S'il m'avait accueillie tout de suite avec gentillesse, j'aurais sans doute pardonné qu'il ait profité de ta fatigue pour te berner et m'échanger contre un garçon.
— Tu es trop mignonne...
— Maintenant, plus question ! Il me déteste, moi aussi voilà ! Il n'y a rien à ajouter ! C'est trop tard !
— Qu'allons-nous faire... c'est affreux...
— Laisse venir, il va moins faire le cador maintenant.

Nous avons passé la nuit serrées l'une contre l'autre, comme dans un mauvais rêve. Après sa dispute avec maman, Adrien n'a plus dit un mot. Même assis à table en face de nous, il se servait, mangeait en silence puis partait au travail ou aller se coucher dans la chambre d'amis. Il ne fréquentait même plus son copain. La situation était un peu lourde. Mais je ne comptais rien faire pour l'alléger, maman non plus.

Quand je pense à cette période, je me souviens d'une atmosphère étouffante. Le personnel ne savait quelle position tenir, même la clientèle sentait le malaise ambiant.

C'est un week-end, juste un peu avant les vacances de Pâques que la situation a évolué. Oh, je vous rassure, pas du côté d'Adrien ! Un couple avait réservé deux chambres communicantes. Ces réservations me laissaient perplexe et je ne manquais pas de m'intéresser à ces locataires *séparément ensemble*. Leurs volumineux bagages composés de flight cases m'intriguaient aussi.

Comme à mon habitude, je circulais entre les tables avec mon plus beau sourire, aux petits soins pour chacun. Un sourire ne coûte pas, mais les clients s'en souviennent.
— Comment avez-vous trouvé ce dessert, ai-je demandé au couple bizarre ?
— Excellent, affirme la femme.
— Le dessin sur le glaçage était très joli, renchérit l'homme tout sourire.
Comme je m'éloignais, je sentais leurs regards collés sur mon dos. Je suis allée rejoindre l'atelier de la marmaille sans plus me poser de questions. Son aménagement officiel a été accompagné de certains travaux, entre autres, le percement d'une grande baie vitrée permettant aux parents de voir les gamins depuis la table. Après le goûter, j'ai rejoint maman.
— Où est Adrien, demandai-je ?
— Il est parti à vélo, il te manque ?
— Non ! J'ai l'impression d'être observée, épiée.

Je m'apprêtais à rejoindre l'atelier quand le couple s'est approché de moi, la femme me retenant par la main, m'a demandé avec un sourire engageant :
— Nous pouvons te parler ?
Je ne fus même pas surprise, ces deux-là ne me paraissaient pas très nets depuis le début. Je me rassis en prenant un air peu aimable.
— Louise, s'est-elle présentée, mon collègue François, dit-elle en montrant l'homme. Nous sommes chargés de

trouver un modèle pour une agence. Nous avons beaucoup entendu parler de toi, enfin de Danie, commente la femme.

— Je vous arrête tout de suite, ce genre de choses ne m'amuse plus, ça m'énerve. Je l'ai fait pour Aline, maintenant, c'est fini !

— Nous t'avons observée, tu as toutes les qualités requises pour des prestations de ce genre.

— Je ne suis pas votre jouet, allez chasser les têtes de clowns ailleurs, dis-je en me levant pour clore l'entretien.

— Nous ne cherchons pas une belle fille pour devenir l'égérie d'une marque de cosmétiques... Danie... attends !

Je quitte la salle, plantant le couple et ma mère sans un mot. Même sous la torture, personne ne me le fera avouer, encore une fois, je suis flattée par cette proposition. Simplement l'expérience de trois semaines de poses pour Pension-Famille a largement satisfait mon ego.

Maman est venue me rejoindre dans ma chambre. Je comprends qu'elle soit fière de sa fille, cette petite Danie qu'elle soutient contre vents et marées. Dans le contexte familial actuel, sa fierté me va droit au cœur. Elle m'explique longuement la proposition qui lui a été faite. Ils souhaitent trouver « un personnage » capable de passer partout, quelqu'un qui attire le regard, quelqu'un qui ait une étincelle dans les yeux.

— Il paraît que tu possèdes une flamme intérieure qui illumine ton regard. D'après eux, tu as tout ce qu'il faut.

— Je m'imagine assez mal dans le rôle de la citrouille d'Halloween, j'ai déjà la tête suffisamment allumée comme ça ! Pas besoin de mettre une bougie dedans.

— Un peu de sérieux, s'il te plaît !

Elle a insisté sur la liberté et l'indépendance que peut me donner cette situation. Sans vouloir le reconnaître franchement, je sens qu'elle a raison. Je décide donc d'écouter leur proposition. En rejoignant la salle avec Aline, j'étais loin de m'imaginer tout le chambardement qui allait s'ensuivre.

— Nous allons faire quelques essais, a précisé François, pendant que la femme préparait le matériel.

Ils m'ont demandé de faire comme s'ils n'étaient pas là. Plutôt difficile, dans la pension, à l'extérieur, j'étais sous les flashes de François et devant la caméra de Louise. Ils m'ont suivie partout. Je pleurais à la cuisine en hachant les oignons, je riais dans la salle en disant un mot aux clients. J'ai repris mon sérieux au moment d'écrire les prénoms des enfants sur le glaçage des gâteaux. Ils m'ont poursuivie jusque dans ma chambre où j'ai pu constater leur déception en la trouvant dans un ordre irréprochable.

— C'est simplement pour éviter les reproches de mon père, me suis-je excusée.

— Nous sommes au courant, c'est une drôle d'histoire. Enfin, nous ne sommes pas là pour parler de ce sujet !

— Non, vous êtes là *à cause de cela*, c'est presque pareil, non ?

— Je t'assure…

— Sans cette triste histoire personne ne me connaîtrait ! J'en arrive à penser que ce serait beaucoup mieux pour tout le monde, j'ajoute avec une moue résignée.

Le matin, en arrivant dans la salle, ils m'attendaient, prêts à m'offrir en pâture à leurs objectifs. Je me suis retenue de faire une affreuse grimace. Heureusement, ils sont partis en début d'après-midi, je commençais à en avoir plein le dos.

Chapitre 12

Cette fameuse signature de contrat, c'était il y a huit ans, pourtant j'ai encore tous les détails en mémoire, affirme Christian, le président de Pension-Famille. Il y avait Danie, Aline, deux représentants de l'agence de publicité, deux de mes avocats et moi. Nous avons eu beaucoup de mal à concilier les exigences de tous les intervenants. Établir un contrat en discutant âprement chaque condition est pénible. Nous avions commencé à neuf heures du matin. À dix-neuf heures, nous en étions pratiquement à l'achèvement quand Danie a lancé tranquillement :

— Il reste une clause à ajouter. Vous avez obtenu ce que vous vouliez... Maintenant c'est à mon tour : si un garçon doit participer à une pub avec moi, j'exige que ce soit Dany... personne d'autre !

— Vous abusez, s'insurge le patron de l'agence.

— Un gars ou un autre, pour vous qu'est-ce que cela change ? Pour moi tout ! Je vous rassure, il est très bien physiquement.

Une discussion s'ensuivit, seulement le temps, la fatigue et l'envie d'en finir jouait pour nous. L'accord fut validé.

— Demander la participation de Dany à la fin était une bonne idée, vous féliciterez votre avocat pour cette très bonne suggestion.

— Puisque cet avocat te va bien, je vais le désigner pour être ton agent. Rassure-toi, contre un pourcentage plus que raisonnable.

À cette époque, j'avais quarante-quatre ans, avoue Christian. Après un mariage catastrophique qui a duré à peine deux ans, je suis resté assez solitaire, évitant les liaisons durables. Je me suis lancé à fond dans le travail, avec une certaine réussite, il faut bien le dire. Je ne me suis jamais posé de questions sur le vide de ma vie. L'évidence m'a sauté aux yeux le jour de cette assemblée générale. Au moment où Danie est entrée dans la salle, j'ai croisé son regard apeuré. Au fil de la réunion, j'y voyais comme une lueur de reproche. Elle répondait à mes questions avec gentillesse, exposant son idée comme une chose ordinaire et naturelle. Seuls ses yeux me gênaient, dans ce regard, je me voyais coupable de ne pas avoir de descendance.

Moi, le patron méticuleux, exigeant et même tyrannique diraient certains. Tout en haut de ma pyramide comme la figurine des mariés au sommet de nos pièces montées. Je prenais brutalement conscience de ma solitude. Au fil de ses commentaires, je réalisais tout ce que j'avais négligé. Une vie sentimentale, sans doute, mais surtout la paternité. En suivant les propos de Danie, je me suis surpris à imaginer : si j'avais une fille, elle lui ressemblerait, elle se soucierait de mon travail !

Ma décision était prise, elle serait l'image du groupe. Après la réunion, j'ai visionné les vidéos de la télésurveillance. À la cuisine avec Rémy, à la piscine, tous les sourires qu'elle distribue comme une récompense à ceux qui croisent son chemin, sa discrétion, tout me conforte dans ma décision. Elle sera une excellente image pour notre société. Et certainement, bien plus encore, le symbole de mon immense déficit familial. Heureusement, elle a accepté, sinon ma déception aurait été insupportable.

C'est pour dire qu'au moment de la signature du contrat, j'étais encore plus fier que sa mère. Dommage, je ne pouvais pas faire grand-chose pour améliorer ses relations avec son père.

*
***

Rentrée à la maison, j'ai découvert des implications nouvelles. Je n'y avais pas pensé, étant mineure, je devais être accompagnée d'une personne disposant de l'autorité parentale. Aline se désolait :

— Je dois laisser la pension ! Tu es ma fille, tant pis, je laisse et nous y allons.

Je n'ai rien dit, je savais combien maman était attachée à son travail et lui demander de choisir était lui imposer un sacrifice. J'en ai parlé à Dany.

— Demande à ma mère, elle l'a déjà fait l'autre fois. Elle acceptera certainement, propose-t-il.

— Ce sera beaucoup plus prenant pendant les vacances et les week-ends. Je ne veux pas mettre la pagaille chez toi maintenant que tes parents sont réconciliés !

Finalement, Lucie a accepté d'être, une nouvelle fois mon *chaperon*, comme dit Adrien. Le plus souvent Dany venait avec nous. J'ai posé pour une pub sur la protection des enfants contre les accidents ménagers. Sur une affiche vantant les mérites d'une brosse à dents, puis sont venues des choses un peu plus sérieuses. Un constructeur automobile voulait me montrer dans une petite citadine avec un garçon inconnu. J'ai refusé, avançant les termes du contrat.

— C'est ça ou rien, a insisté le constructeur !

— Alors ce ne sera rien, a précisé Lucie s'appuyant sur le contrat avec l'agence.

Ils ont cédé une dizaine de jours plus tard. Nous avons tourné une pub dans une voiture particulièrement petite et inconfortable à l'arrière, même pour des enfants. Si nous avions un sourire enthousiaste pour l'opérateur, en sortant de cette boîte à sardines, j'ai lâché :

— Je plains les enfants qui vont voyager là-dedans ! Je croyais qu'infliger une torture aux gosses était un délit !

— Tu craches dans la soupe, a répondu le réalisateur.

— Vous faites de la publicité mensongère ! j'ai rétorqué.

Dany était content de sa prestation, à mes yeux, n'est-ce pas le principal ?

En rentrant à la pension, j'ai senti le malaise. Les employés rasaient les murs, aucun murmure, aucun sourire. Comme ce prétendu silence qui précède les catastrophes.

— Adrien est convoqué au tribunal, soupire Aline.

— C'était prévu, non !

— Oui, mais il est en colère.

— En colère, c'est la honte, hurle Adrien en arrivant de l'autre pièce. Passer au tribunal à cause d'une fille indigne, d'une fille qui se montre partout de façon vulgaire. On dirait… on dirait…

— Allez dis-le ! On dirait quoi… j'aimerais bien entendre ton avis sur mon travail, connaître l'opinion de mon père !

— Sur le dépliant avec ton maillot de bain, tu ressembles à… enfin, je me comprends !

— À quoi, dis-le juste pour que je connaisse ton avis !

— À un rôti de cochon entortillé dans sa ficelle, voilà !

— Bof, je m'attendais à pire !

Nous nous sommes concertés avec Dany pour convenir d'une position commune au procès :

— Pour Adrien, on essaye de le sauver ou pas ?

— Laisse tomber Danie, il n'a que ce qu'il mérite.

— Sans doute, mais ce sera certainement pire après.
— Que pouvons-nous faire ? Pas grand-chose ! soupire Dany.
— Nous allons essayer de minimiser au maximum. Mais c'est toi qui interviendras.

*
***

Le jour du procès, il y avait des journalistes partout, la foule était difficilement contenue par des barrières. N'allez surtout pas croire que ma célébrité naissante était à l'origine de ce déploiement. Non, c'est l'invraisemblance de notre situation familiale, propagée par les médias, qui motive la curiosité de tous. Exactement comme notre passage à la télévision avait provoqué l'arrestation d'Adrien. Chacun se demande quelle peine va subir un père comme lui ?

Il a tenté de s'expliquer sans grand succès. La psy a témoigné de mon désarroi devant l'hostilité avouée d'Adrien. Zut, je n'avais pas pensé à lui demander de ne pas l'enfoncer avec son témoignage.
— À chaque séance, la petite insistait pour être placée en famille d'accueil, explique Hélène à la barre. Elle se sentait rejetée. Pourtant, elle n'a jamais eu aucune attitude pouvant justifier l'animosité de son père. Cependant, une chose me rassurait : les Lambert la connaissaient depuis toujours et Aline et Dany l'avaient adoptée et jugée à sa juste valeur.

D'autres témoins sont venus, certains pour défendre Adrien, d'autres pour dire combien son agressivité injustifiée était déplacée.
— Adrien Duguet est un homme qui souhaite tout diriger, tout régenter. Il a déjà admis difficilement la promotion de sa

femme au rang de chef d'établissement, déclare le psychiatre désigner pour l'examiner. La venue de Danie n'a fait qu'exacerber sa frustration. L'impulsivité et l'entêtement dominent son caractère. Toutefois, je ne le crois pas capable de violence physique. Son état psychiatrique ne présente aucune pathologie pouvant altérer son jugement ni justifier une atténuation de sa responsabilité. Il était entièrement conscient des conséquences de l'échange et de la cruauté du harcèlement qu'il exerçait sur sa fille.

Lui aussi a eu son psychiatre, il ne s'en est pas vanté ! Avec ce rapport, ça va chauffer pour son matricule !

— Nous avons entendu les témoins cités.

Je fusillais Dany du regard, il a fini par demander timidement la parole.

— Je propose une suspension d'audience. Nous entendrons Dany Lambert à la reprise, à quatorze heures.

Nous nous sommes glissés dehors par une petite porte, entourés de policiers. Nous avions ordre de ne dire mot à personne. Au retour, nous avons retrouvé la salle pratiquement identique, à croire que personne n'avait voulu perdre sa place en allant déjeuner.

Il est rare de voir autant de journalistes dans une petite salle d'audience de province. Les photos et les vidéos étant interdites, les dessinateurs s'empressent et les enregistreurs numériques fonctionnent à plein régime. Le tribunal profite de cette situation pour faire mousser un peu son rôle. Dans le prétoire, tous savent que leur jugement, quel qu'il soit, sera très controversé.

Passant l'échange sous silence, avec quelques phrases donnant l'apparence de la sincérité, Dany a tenté de ramener l'animosité d'Adrien à une simple histoire d'affection.

— Je m'entendais très bien avec lui et cette entente a été cassée net lors de l'arrivée de Danie. Triste concours de circonstances bien malvenu ! Enfin, quatorze ans trop tard, a-t-il souligné.

— Monsieur Duguet est présenté comme un homme âpre et avaricieux doublé d'un caractère irascible, précise le président en regardant Adrien.

— Il est un peu dur, toutefois il a toujours été juste avec moi. Son attitude envers Danie m'a surpris, je la comprends mal et je la trouve inqualifiable, avoue le garçon.

— Les diverses pièces du dossier le présentent comme un antiféministe convaincu. Adrien Duguet s'en prend même à sa femme, précise le juge.

— C'est à cause des juges qui m'ont jeté cette gamine insupportable sur les bras ! s'insurge Adrien.

— Vous frisez l'outrage ! s'indigne le président. C'est vous qui avez provoqué cette situation en échangeant les enfants à la maternité. Dany Lambert, veuillez continuer.

— Je n'ai pas grand-chose à ajouter. Les Lambert et les Duguet me traitent bien. Sans apprécier cette situation, je dois reconnaître qu'elle n'est pas trop inconfortable pour moi. C'est à Danie qu'il faut poser vos questions !

Je pensais à la lutte qui serait terrible pour échapper à la meute de journalistes au moment de la sortie. L'appel du juge m'a presque fait sursauter.

— Mademoiselle Danie Duguet avez-vous quelque chose à ajouter aux débats ?

— Sûr qu'elle va en rajouter, c'est la plaignante, ronchonne Adrien à haute voix !

— Il n'y a pas eu de plainte déposée contre vous, c'est le ministère public qui vous poursuit ! précise le juge.

Le temps de cet échange, je m'étais installée à la barre. Pour dire franchement la vérité, je ne savais pas trop comment tourner les choses, puis l'idée a jailli.

— Danie, nous vous écoutons, encourage le président.

— Naître sans cordon ombilical, sans attache, dépourvue d'assise, flottant dans le néant, si c'était possible, tout serait plus simple ! Je suis désolée de vous donner tant de tracas. Y a-t-il des enfants heureux ? Contrairement à la plupart d'entre vous, je crois sincèrement avoir obtenu bien plus d'encouragements que je n'en méritais de la part de mon père !

Toute la salle me regardait essayant de deviner où je voulais en venir. Je ne le savais pas encore moi-même, j'ai improvisé, sans un regard vers mon père !

— Au début de son rapport la psychiatre parle d'une fille ordinaire, un peu timide, presque invisible, d'une bonne petite. Que dit-elle à la fin monsieur le juge ?

— Pleine de force et d'assurance, d'une maturité impressionnante... dois-je continuer ? demande le président lisant le rapport.

— Non, c'est bon ! J'ai un autre témoin, le dernier juge à gauche, juste là ! Il m'a poursuivie jusque dans ma chambre pour s'assurer de mon bien-être dans ma *vraie famille,* comme vous aimez à le souligner.

— Je ne vois pas ce que vous comptez prouver ! objecte le président.

— Ces personnes m'ont connue avant mon changement de famille et elles peuvent témoigner de mon évolution. Elles m'ont accompagnée depuis la gamine immature et bourrée de pudeurs idiotes, jusqu'à la Danie d'aujourd'hui emplie d'effronterie, frôlant l'irrespect et l'insulte, d'une maladresse insigne avec les bons usages et les convenances.

— Bien que je ne saisisse pas très bien le rapport avec notre affaire, continuez !

— Il est simple monsieur le Président, ce changement, c'est le résultat de l'aversion d'Adrien. À chaque étape, je doutais toujours de mon mérite, de ma capacité à monter plus haut et à vaincre les diverses épreuves de la vie. Par défi, je ne lâchais rien, sans m'en rendre compte, j'avais l'entraîneur le plus antipathique qui existe, mais le plus efficace de tous pour me pousser à fond vers l'avant !

— Pendant l'instruction, vous avez souvent demandé des mesures d'éloignement maintenant, vous semblez défendre votre père, soupire le président.

— Mon père est sévère et injuste. Il est tout ce que vous cherchez à prouver et bien plus encore, mais il m'a appris à résister, à combattre et à vaincre. Malgré son déni, la fille que je suis devenue aujourd'hui est bien plus la sienne qu'il ne le pense. Une fille qu'il a modelée, durcie, affirmée et consolidée avec ses critiques et ses moqueries !

Dans la salle d'audience règne un silence total. Cette déclaration est si surprenante qu'il semble que chacun attende la suite pour recommencer à respirer.

— N'allez pas croire que je lui pardonne, précise Danie avec un sourire entendu. Toutefois, il faut rendre à César...

— Vous êtes bien généreuse, souligne le procureur. Enfin, mettons ceci sur le compte de votre jeunesse.

Celui-ci exigeait une condamnation sévère justifiée, selon lui, non seulement par l'échange en lui-même, mais surtout par son inconduite envers Aline et moi ensuite.

— Vous le savez mieux que personne, la source de nos ennuis est d'ordinaire le fruit de nos erreurs personnelles. Si je fais la paix avec un passé difficile, cela ne me garantit peut-être pas un avenir moins compliqué, toutefois je ne risque rien à essayer. Et je n'ignore pas que chaque graine d'amour que je peux semer autour de moi fera mourir l'herbe de la haine, comme dit le poète.

— Vous êtes bien romanesque ! Seriez-vous réconciliée avec votre père ? demande le président étonné.
— Aucunement ! Il mérite le maximum pour l'échange et la maltraitance plus récente, donnez-le-lui ! Si sa conduite m'a été bénéfique, vous pouvez être certain qu'il l'ignorait. Il vendrait son âme au diable si celui-ci acceptait de prendre avec lui en enfer !

Les magistrats se concertent du regard, essayant de comprendre le sens de cette affirmation.
— L'amour paternel c'est un virus que l'on contracte, sans s'en rendre compte, à la naissance d'un enfant. Il résiste aux antibiotiques, il est difficile à combattre et à éradiquer. Adrien s'est mis tôt à l'abri de ce virus à mon égard en m'échangeant puis en se gargarisant de son désamour.

Des bavardages et des murmures dans la salle commentent et approuvent cette réponse.
Le président se fâche en donnant des coups de maillet :
— Silence dans la salle ! Mademoiselle Duguet, veuillez continuer s'il vous plaît !
— Vous n'allez pas lui infliger trois années de prison et une amende astronomique, n'est-ce pas ? Toute ma vie, je me désolerais d'être responsable d'une telle chose, ce serait un poids mal venu sur ma conscience et une souffrance pour ma mère.

J'ai fait une pause, les yeux fixés sur Dany. Le regard rempli de cette complicité que nous avions bâtie au sujet d'Adrien. Toute l'attention de la salle était rivée sur nous.
— Notre avocat nous a parlé des peines de substitution, nous trouvons cette formule adaptée à la réparation des dommages moraux que nous avons subits. Le plus pénible pour Adrien est de reconnaître la valeur des femmes, pour ne pas dire leur supériorité dans certains domaines. Il doit

bien exister une solution pour le raisonner et tenter de le faire changer d'avis !

— Une peine de substitution, dans un milieu féminin par exemple, avance le président intéressé. Je comprends votre démarche. Vous souhaitez la paix au meilleur prix pour chacun d'entre vous, et vous avez raison. Toutefois, une chose m'inquiète. Rien ne garantit que votre père adoptera une conduite plus digne, une fois cette *peine* effectuée.

— Dans ce cas, je vous le ramène ici même ! Ficelé comme un rôti et je vous garantis que je ne lésinerai pas sur la ficelle, j'ajoute avec un sourire vers mon père. Pieds et poings liés ! Vous pourrez l'envoyer directement en prison pour trois ans !

Quelques applaudissements ont salué cette promesse.

— La défense veut-elle intervenir ? demande le président tourné vers l'avocat d'Adrien.

— Que puis-je ajouter ! Pas grand-chose, admet l'avocat avec un haussement d'épaules, tout est dit !

Le jugement est mis en délibéré, il sera rendu le quinze du mois. À l'appel de l'affaire suivante, la salle s'est vidée en un clin d'œil.

Nous sommes partis rapidement par une porte donnant vers l'arrière où nous attendait Christian, prêt à démarrer. Heureux d'avoir échappé aux questions et aux objectifs des journalistes. Bonheur de bien courte durée, tous nous attendaient dans la grande salle de la pension. Certains sont même restés chez nous jusqu'au lendemain.

La fin de la semaine a été pénible. Adrien profitait de toutes les occasions pour critiquer mon attitude. J'avais un peu de mal à comprendre sa position alors même que notre intervention allait certainement lui sauver la mise.

— Tu n'as pas avoué que tout était ta faute, peste-t-il avec une arrogance invraisemblable.
— Tu n'as pas l'impression d'inverser les rôles, j'espère, se fâche Aline.
— Tu l'as entendue comme moi ! Elle veut me ramener là-bas ficelé comme un rôti ! Moi, son propre père !
— J'ai mal entendu ? Tu te prends pour un père maintenant ! En tout cas, je ne te reconnais pas pour être le mien. Géniteur suffit largement à te qualifier.

Comme nous devions partir de bonne heure le samedi matin, le vendredi soir, j'ai dormi chez Dany. Les Lambert, sans critiquer ouvertement notre témoignage, nous reprochaient notre bienveillance vis-à-vis d'un homme qui ne la méritait pas.

Nous sommes rentrés tard le dimanche soir, j'ai encore dormi chez Lucie. Le lundi matin, je suis allée directement au lycée, sans passer à la pension. La vie a continué, le temps passe si vite. Finalement, Adrien a été condamné à trois cents heures de travail d'intérêt général... dans une école d'infirmières. Un milieu on ne peut plus féminin et féministe. Lors de mes passages à la Pension, il était d'une humeur de chien.

J'ai peut-être été un peu rosse sur ce coup-là. J'étais passée voir les filles et, après la signature de quelques autographes, je leur avais expliqué pourquoi leur école avait été choisie pour le travail d'intérêt général d'Adrien. Les filles ne l'ont pas épargné, je vous garantis qu'il en a bavé !

Chapitre 13

Je me souviens des hésitations de Danie sur le choix de son nom de scène, avoue Dany. Elle a fini par trouver un truc pour *faire bien* Skyla ! Tout le monde prononçait le Y à la française, comme un i, elle en a changé l'orthographe en Skaïla, un pseudonyme qu'elle porte haut comme l'étendard d'une révolte ou la bataille d'une ambition.

Les cachets de notre travail sont bloqués sur un compte, nous ne pourrons en disposer qu'à notre majorité. Par contre, un forfait de frais de vie et de déplacement nous est donné directement par l'agence. Nous circulions dans un grand monospace. Au début, tout allait bien. Nous logions dans de beaux hôtels, presque des vacances. Puis insensiblement, Danie est devenue un peu avare, réduisant notre train de vie, économisant sur tout. Partout où elle passait, elle réclamait des chutes, des bouts de tissu, des bouts de dentelle, une vraie mendiante. Parfois, j'en avais presque honte. Bien entendu chacun ratissait ses étagères pour faire plaisir à Skaïla, prenant cela comme un caprice de vedette. Elle remplissait des cartons qu'elle entreposait dans notre sous-sol.

— Que veux-tu faire avec ces trucs ? ai-je demandé.
— Je prépare mon avenir, m'a-t-elle répondu avec un air très sérieux.

Je n'ai pas insisté. Je me targuais de bien la connaître et, finalement, je ne la connaissais pas autant que je le croyais. À vrai dire, je me suis toujours senti un peu désarmé face à elle. À la pension, Adrien râlait toujours autant, mais elle n'avait plus le temps de l'écouter ni de lui répondre.

Au lycée, elle n'a pas changé d'un iota, pourtant la vie y était devenue difficile. Elle enrageait contre les mauvaises langues et les bavardages jaloux. Malgré tout, elle restait aimable avec tout le monde, rendant sourire pour sourire. La vérité était ailleurs, le public l'adorait et les ados voulaient lui ressembler copiant ses tenues et ses attitudes. Danie, la discrète, la moins que rien, était presque devenue l'idole. La fille ordinaire était devenue Skaïla. Depuis qu'elle avait pris conscience de cette vie factice, elle était dévouée à ceux qu'elle préférait, sans ignorer ceux qui la tenaient éloignée pour autant.
Entravée par un travail très prenant, elle faisait face comme elle pouvait. Elle se battait durement pour suivre le programme scolaire, reconnaissait son proviseur de lycée.

— Ses yeux d'attrape sirène, du brun lumineux des couchers de soleil des horizons lointains, imposaient le silence et la paix, se souvient Mme Level. Son regard, tel un observateur attentif, plongeait dans celui des téléspectateurs donnant un éclat particulier aux pubs. Danie faisait oublier l'écran, le papier du journal ou de l'affiche. Elle devenait notre invitée, un membre de notre famille, assise entre nous dans le canapé de notre salon.

*
***

Peu avant son dix-septième anniversaire, elle a accepté un contrat au fin fond de l'Allemagne. Des heures de voiture pour un cachet misérable. Habituellement, je la suivais partout, reconnaît Dany, cette fois j'ai refusé de l'accompagner.

À son retour, j'ai questionné ma mère sur les raisons de cette prestation.
— L'agence était un foutoir, le photographe nul. Je n'ai rien compris. Le samedi après-midi, elle est partie en taxi.
— Toute seule ? m'étonnais-je.
— Elle n'est rentrée que le soir à dix-neuf heures. J'ai eu la peur de ma vie. J'étais prête à prévenir la police…
— Qu'est-ce qu'elle a fichu, finalement ?
— Je ne sais pas, elle m'a dit qu'elle avait rendu visite à un ingénieur très pointu. Je ne sais comment faire, dois-je en informer sa mère ?
— Laisse, je vais essayer de la cuisiner, je propose.

— Tu as rendu ma mère dingue samedi, qu'est-ce que tu as fait en cachette ?
— Je voulais aller voir quelqu'un. Lucie m'en aurait empêché, alors je me suis sauvée en douce.
— Je vois ! Tu ne pouvais pas lui téléphoner une heure après pour lui expliquer ?
— C'était compliqué, mon portable ne fonctionne pas là-bas et… et, je n'y ai pas pensé. Cette rencontre était importante voilà ! J'étais prise par ce projet. Je vais bientôt avoir dix-sept ans…
— Tu n'es pas encore majeure, maman est ta tutrice professionnelle encore pour un moment.
— C'est provisoire, j'ai demandé mon émancipation au tribunal. Le jour de mes dix-sept ans, je serai majeure.
Je suis resté abasourdi par cet aveu.
— Et tu m'en parles seulement maintenant ?
— Je ne voulais le dire à personne avant d'en être certaine. Je n'ai même pas encore la réponse. Tu n'en parles surtout pas tout de suite !

— Émancipée, encore une idée folle ! marmonnait Adrien. Mais elle est bonne, comme cela, je n'ai plus d'obligations envers toi. Bravo, tu es majeure ! Maintenant, tu te débrouilles.

— Il y a bien longtemps que je ne compte plus sur toi pour mener ma vie de *fille* ! Je vais créer mon entreprise, devenir patronne ! Oui, moi *une fille* ! Remarque, je suis *la tienne*, tu m'as transmis en droite ligne toute ta hargne et ton entêtement, ce sont sans doute mes plus gros atouts ! Finalement, je t'en remercie !

— Toi patronne ? Et de quoi donc ?

— Tu le sauras bientôt, pour le moment c'est confidentiel.

— Tu es bien jeune pour cela, s'inquiète Aline qui assistait à la conversation. Tu t'es bien renseignée sur les tous les risques encourus ? Ce n'est pas aussi simple !

— Mais oui maman, oublierais-tu que mon agent est un excellent avocat.

Nous nous sommes mis à la recherche d'un local d'au moins deux cents mètres carrés. Nous en avons visité je ne sais combien, aucun n'avait grâce à ses yeux. J'en avais marre, d'autant que je ne savais même pas ce qu'elle comptait en faire.

— Que vas-tu faire ? Tu peux m'expliquer ?

— J'en ai marre de poser et de subir les caprices de photographes, de réalisateurs et de publicitaires encore plus grincheux et plus féroces que mon père. J'ai eu beau devenir exigeante, choisir le mec qui aurait la joie de me tirer le portrait et augmenter outrageusement mes cachets, rien n'y a fait, j'ai toujours autant de travail. Écolière, je passais pour un rat de bibliothèque, maintenant je fais figure de bécasse remuant les ailes devant des objectifs, c'est loin d'être pas-

sionnant. Mon ambition est ailleurs alors je vais passer à autre chose, c'est tout.
— Tu arrêtes la pub ? s'inquiète Dany.
— Bientôt. Dès que mon Allemand aura terminé les machines que j'ai demandées.
— Euh... des machines pour quoi faire ?
— Personnaliser tout et n'importe quoi. Tu sais que j'ai toujours eu cette idée en tête, c'est mon dada !
— Je ne vois pas exactement...

Danie s'est lancée dans une explication passionnée. Elle reconnaît avoir fait des économies sur tout, afin de pouvoir commander trois machines numériques à ce fabricant allemand. Raccordées à un ordinateur, elles sont capables de reproduire en broderie n'importe quel motif, de réaliser n'importe quel dessin. L'idée est simple : le tissu et la couleur seront choisis par le client parmi les échantillons proposés sur Internet. Il sélectionnera la forme et la coupe du vêtement, uniquement des sous-vêtements pour le moment. Il lui restera à préciser la couleur du motif et l'endroit où le broder. Il peut ajouter un texte avec le type de caractères au choix, un dessin repiqué ou dessiné par lui-même, n'importe quoi. Le concept semble bon.

— Tu sais combien chacun aime se vanter de posséder un truc unique, hors-série. Je mets cette envie à portée de tout le monde, pour un prix modique.
— J'ai compris ! Elles vont coûter chaud tes machines et tout le lancement de ton idée ?

Je m'inquiétais pour rien ! J'avais gagné beaucoup d'argent en travaillant dans la pub, mais j'étais loin du compte. Je l'ai su beaucoup plus tard : à dix-sept ans, Danie était déjà millionnaire en euros.

Elle a lancé son entreprise et Lucie a été nommée gérante. Skaïla menait une course effrénée entre les cours, les séances de pub et la surveillance de l'atelier.

Dès le lancement, les commandes ont afflué. Les chutes de notre sous-sol ont été utilisées en deux semaines. Tous les jeunes voulaient afficher leur couleur personnelle et surtout l'étiquette de la marque Skaïla surmontée du visage de Danie finement brodé.

*
***

— Après une dernière double page, j'ai annoncé la fin de ma carrière de mannequin à *tout faire*, comme je me plaisais à le dire, plaisante Danie. Une lubie qui s'éteindrait d'elle-même soutenait la critique. Une passade, j'allais revenir au galop, affirmaient d'autres, allant jusqu'à prendre des paris sur la date de mon retour.

Mais je savais ce que je voulais atteindre et je me donnais les moyens d'y arriver. J'ai sacrifié mon adolescence en auditions diverses, séances de poses, voyages et toutes ces choses que je ne faisais qu'en pensant au bénéfice que j'en tirerais dans le futur.

Les sceptiques ne prenaient pas en compte son feeling, son style, son sourire, ses attitudes et surtout cette sincérité qui émanait d'elle, surpassant tout et faisant oublier le reste, avoue Aline fière de la réussite de sa fille.

— Les médias ne pouvaient oublier complètement celle qui avait vanté les mérites d'un si grand nombre de choses depuis les voitures, les parfums en passant par le papier toilette, affirmait Dany.

Je garde une place de choix dans l'esprit du public. Personne n'a envie de me rayer totalement de sa mémoire.

Aussi les médias m'invitent sans rechigner sous prétexte que je suis à la mode ou la jeune patronne d'un concept innovant. Toutes ces apparitions, même furtives, ont propulsé la marque Skaïla au sommet. L'étiquette, au départ, cachée sur l'envers, est gaillardement passée sur l'endroit et sa taille a grandi pour être bien visible.

— Après le lycée, se souvient Dany, nous avons suivi une route différente. Je suis allé dans une école de comptabilité trop éloignée pour rentrer chaque soir. Skaïla menait en même temps des études d'informatique et de commerce tout en gardant l'œil sur l'entreprise. Heureusement, ma mère faisait face avec beaucoup de compétences !

L'atelier s'est étoffé, corsetières, culottières, spécialistes de la dentelle, même une styliste, en tout une cinquantaine de personnes. Entre-temps, Adrien a perdu son travail. Réduction de personnel. Le choix a été vite fait, celui qui râlait tout le temps était le plus près de la sortie ! Après six mois de Pôle Emploi, Dany a réussi à me convaincre de proposer un poste d'agent de maintenance à mon père. C'est un bon très bricoleur, il n'y a pas de regrets à avoir. Ennemis de toujours, je ne vous dis pas le mal qu'a eu Dany à obtenir un semblant de paix entre nous deux. Adrien refusait tout net d'avoir une fille pour patronne, surtout la sienne.

Finalement, toute honte mise de côté, il s'est laissé convaincre. Un prodige de l'amener à déposer les armes ! Je me suis bien gardée de le narguer ou de montrer le moindre signe de triomphalisme. Seule Aline fait quelques allusions discrètes à nos joutes passées pour lui clouer le bec.

Chapitre 14

Il fait un temps superbe en ce samedi de juillet. Assis à la table d'honneur, Danie à ma gauche, j'ai un peu de mal à supporter la chaleur. Quand elle quitte sa place pour aller saluer les convives, je survole les trois cents invités d'un regard désabusé. J'en profite pour aller chercher un peu d'air frais en m'installant dans un fauteuil près d'une porte-fenêtre. Danie rejoint sa place près de ma chaise vide. Je l'observe, elle est belle dans sa robe blanche toute simple, une fleur piquée dans sa chevelure. Elle attire les regards, c'est certain, toutefois, je lui trouve un air mélancolique malgré l'ambiance du mariage. C'est du bout des lèvres, qu'elle distribue de brefs sourires. J'ai du mal à reconnaître *ma* Danie, celle aux yeux brillants pleins de malice et. de générosité. Aujourd'hui, elle est triste et semble éteinte. Je ne m'explique pas son air maussade.

C'est vrai, nous nous sommes un peu éloignés pour faire nos études. Je ne rentrais que le week-end et j'avais beaucoup de travail. Danie étudiait de son côté et s'occupait de l'atelier avec ma mère. Nous passions beaucoup moins de temps ensemble. Aujourd'hui, à bientôt vingt-deux ans, j'ai le diplôme supérieur de comptabilité et de gestion en poche, il me reste à faire un stage rémunéré de trois ans pour accéder à l'expertise. Je vais enfin entrer dans la vie active. Danie a encore un an de travail universitaire pour obtenir des diplômes d'informatique appliquée incluant la gestion d'entreprises. À vrai dire, je pensais qu'elle ferait des études de couture, de styliste ou de mode. Elle a choisi une formation très recherchée qui lui sera utile pour l'atelier et encore bien plus utile si celui-ci venait à capoter.

Je l'observe plus attentivement. Objet de toutes les attentions, submergée de compliments par les invités, elle reste d'une passivité inhabituelle. Un mariage est pourtant le jour où tout le monde s'amuse sans retenue. J'en suis là de mes réflexions quand une voix me fait sursauter.
— Alors jeune homme, maintenant on fait bande à part ? raille Christian derrière moi.

Vêtu d'une queue-de-pie, portant fièrement un nœud papillon sur une chemise blanche à jabot, il ressemble à un gentilhomme du dix-neuvième siècle. À vrai dire, j'avais un peu oublié le héros de la fête. Il a fini par trouver l'âme sœur, enfin, nous l'avons un peu aidé à la trouver, Danie et moi. Depuis le temps que le PDG utilisait dans ses discours l'image de la figurine dominant la pièce montée, cette fois, c'est la réalité, il est au sommet du gâteau !
— Tu laisses Danie toute seule, qu'est-ce que tu attends pour retourner à ta place ?
— Elle a l'air boudeur, dis-je sans y penser.
— Idiot à ce point-là ? Même un gamin de cinq aurait compris.
— Compris quoi ? Tu parles par énigmes.
— Qu'attends-tu pour aller l'embrasser et lui parler sentiments ? Elle va finir par se lasser d'attendre. Tu vas arriver à te la faire piquer sous le nez par le premier joli cœur venu.
— De quoi parles-tu ?
— Bête à ce point ! Tu ne vois pas qu'elle s'impatiente, elle désespère de t'entendre lui parler d'amour, c'est clair !
— Danie, tu rigoles ! Elle te l'a dit ?

— Pas de quoi rire ! L'as-tu vue sortir avec un garçon ? Pourtant, elle a l'âge non ?
— À vrai dire, elle n'a pas de petit copain, c'est vrai.
— Aujourd'hui, c'est particulièrement pénible pour elle. Elle assiste à mon mariage et cette ambiance lui pèse. Elle doit se demander quand viendra enfin le sien. Tous les invités sont des relations communes, ils sont pratiquement tous venus pour elle. Et ils ne manquent pas de préciser qu'ils reviendront avec plaisir pour ses prochaines noces.
— Danie, c'est ma sœur, ma jumelle… enfin !
— N'essaye pas de te trouver des excuses, tu n'en as pas ! Tu ferais mieux de regagner ta place pour lui parler. Je te laisse.

Danie ! J'étais auprès d'elle depuis si longtemps, je la cajolais dans les mauvais jours, riais avec elle dans les bons moments. Des jumeaux, nous étions des jumeaux, frère et sœur, je n'ai jamais pensé à envisager notre relation sous un autre jour. Suis-je stupide comme le prétend Christian ?

J'ai passé des années à regarder ses gestes, à l'écouter parler, à critiquer son franc-parler et à fustiger son insolence. Comme un idiot, je l'ai laissée quitter l'adolescence, je l'y ai même aidée. Je n'ai jamais pensé que l'étoile pouvait aimer ce reflet si mince, cette ombre qui flatte son image en soulignant ses contours, en se collant à elle, la suivant partout dès qu'il y a un minimum d'éclairage. Tant pis, je rejoins ma place et me jette à l'eau.
— Danie, voudrais-tu être la figurine au sommet d'une pièce montée avec moi ?

Elle est partie d'un franc éclat de rire qui m'a fait chaud au cœur, je retrouvais la joie de ma jumelle. Tous les invités nous regardaient avec une curiosité non dissimulée. J'ai

pris ce détour sans y réfléchir, nous nous moquions si souvent de Christian.
— C'est si ridicule ? j'ai questionné, regrettant déjà mon incroyable audace.
— Drôle de demande ! Moi, je t'imaginais à genoux sur le parquet, les larmes au bord des yeux, la main sur le cœur m'avouant timidement l'amour que tu éprouvais depuis notre première rencontre !
— Je suis impardonnable, cela m'a échappé.
— Échappé ? Alors que tu as mis sept ans à te décider !
— Sept ans… tu ne pousses pas un peu ?
— Sept ans de réflexion, oui ! Enfin, disons que tu as attendu bien trop longtemps !
— Tu pouvais m'aider un peu aussi, non ?
— Je ne voulais pas m'imposer. J'avais noté que tu ne faisais pas du plat à un tas de filles, comme tous les garçons, sans plus.
En prenant sa main, j'ai senti comme un tremblement et j'ai su que notre vie allait changer. Elle a posé sa tête sur mon épaule, ça, elle l'avait déjà fait, mais je sentais un abandon différent.

— Le temps, tu ne pouvais le retenir ni l'emprisonner, murmure Danie à mon oreille. Toutefois, tu as su l'arranger, tu as su l'aménager pour qu'il soit à mon goût.
Posant un baiser sur ma joue, elle continue :
— J'ai vécu ces années sans les sentir passer. J'ai grandi par hasard, en toute confiance parce que tu veillais sur moi. J'ai grandi *sans moi,* devrais-je dire, un peu contre mon gré, souhaitant rester petite à jamais pour que tu me protèges, encore et encore.

Christian nous surveille de loin, son sourire me rassure.

— Mon assurance et mon effronterie ont trompé tout le monde, même toi à première vue ! Ce n'était qu'une façon de m'isoler de toutes ces histoires qui me rendaient dingue en compliquant tout entre nos deux familles. Toi tu étais là, gentil, d'un calme surprenant pardonnant à chacun. « Je peux récupérer mes posters ? Je peux venir à la marmaille ? » Toutes ces années, tu as été le régulateur qui absorbait mon surplus de rancœur et le dispersait loin de moi avec bonne humeur et, je voulais le croire, un peu de tendresse. Tu as lancé Skaïla et aidé Danie à survivre en traçant un chemin à la machette dans la jungle de sa vie, sans rien demander en retour.

Les larmes aux yeux, je ne savais plus quoi dire. Dans sa vie, Danie m'attribuait une place bien plus flatteuse que je ne l'imaginais. Je la repoussais un peu pour lire la sincérité dans son regard. Elle s'est contentée de me fixer avec ses yeux reflétant ce semblant de gaucherie et de niaiserie qu'elle affichait toujours pour dissimuler son embarras.

— C'est fou ce que l'on apprend dans le regard d'une fille comme toi, dis-je trop vite. Comme dit le poète : on y récolte tout ce que l'on sème.

— Tu n'as pas semé grand-chose en sept ans, n'espère pas une belle récolte !

Je devais faire une tête affreuse, elle ajoute dans un rire :

— Même mal-semé et silencieux, l'amour a bien poussé entre nous ! D'accord, je veux bien être en figurine avec toi. Je pose une condition.

— Je vois tu…

— La pièce montée couverte de crème à s'en lécher les doigts représentera Skaïla en buste comme les étiquettes et la figurine des mariés ne sera pas posée en haut, mais collée sur son cœur… mon cœur…

Sans réfléchir je me suis jeté dans ses bras l'emportant dans une danse effrénée en l'embrassant. En entendant les applaudissements des invités, nous avons repris conscience de la réalité. Un peu confus, nous nous sommes assis.

— Mesdames, Messieurs, je vous annonce le prochain mariage de mes deux témoins et amis Danie et Dany, crie joyeusement Christian.

*Vois-tu Dany,
je suis perdue, noyée,
d'amour inondée.
Je ne sais plus
si je vis,
si je respire,
si je parle.
J'ai tout oublié,
je sais simplement t'aimer.*

Mazarine Villeneuve

Remerciements

Je remercie plus particulièrement Mazarine Villeneuve qui prête son image à mon héroïne.

Ce livre ne raconte pas la vie d'une adolescente mannequin. Même si l'histoire côtoie la réalité, elle ne décrit que des situations imaginaires et romanesques.

Ce texte est destiné à devenir un DVD au format MP3 afin d'être accessible aux non-voyants. Ce qui demande une certaine fluidité dans la rédaction afin qu'il soit compris aisément à l'écoute. Reculer de quelques mots ou de quelques phrases étant assez difficile sur les lecteurs.

La recherche de la facilité d'audition m'oblige à prendre quelques libertés avec la syntaxe et la conjugaison. Je ne m'en excuse pas puisqu'elles sont nécessaires.

Le livre n'en est que plus facile à lire !

Modèle de couverture : Mazarine Villeneuve

Du même auteur (livres papier)

Cherche pas, éditions ADC, 2008 (épuisé)

Si tu crois que, éditions ADC, 2009 (épuisé)

Morgane, éditions ADC, 2009 (épuisé)

Stef, éditions ADC, 2009 (épuisé)

La fille du Rempart, éditions ADC, 2010 (épuisé)

La petite, éditions ADC, 2010 (épuisé)

Livres papier et numériques inépuisables

La Gamine, éditions Édilivre, 2010

La Bavardeuse, éditions Mon Petit Éditeur, 2011

Elle s'appelait Lizzie, éditions Mon Petit Éditeur, 2012

L'été couleur myosotis, éditions Mon Petit Éditeur, 04/2013

Seulement des mots, éditions Édilivre Aparis 10/2013

Clavardages, éditions Édilivre Aparis 10/2013

Décalage, éditions Édilivre Aparis 10/2013

L'Échange, éditions BoD 2014

Les vacances de Meg, éditions BoD 2014

L'affaire Camille, éditions BoD 2014

Prochaines parutions
(Couvertures provisoires)

Une association caritative envoie Meg en vacances en Bretagne avec d'autres enfants de familles défavorisées. Les généreux accueillants se désistent au dernier moment.

Finalement, elle est confiée à un couple âgé qui l'emmène au bord du bassin d'Arcachon. Meg découvre l'océan et la vie hors de sa banlieue qu'elle n'a jamais quittée.

Meg apprécie modérément le côté caritatif de cet accueil. Diverses péripéties vont la mettre dans des situations assez compliquées.

Va-t-elle supporter la vie confinée en bungalow avec des gens d'un demi-siècle plus âgés ?

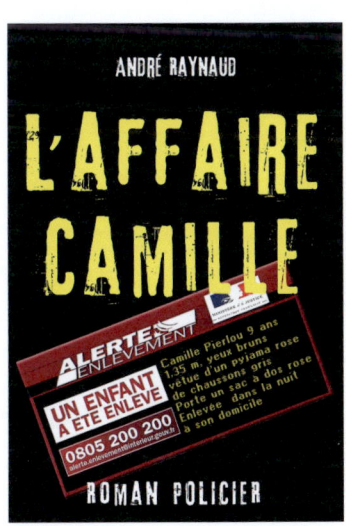

Au milieu de la nuit, des hommes font irruption dans un pavillon malmenant le propriétaire. Il saute par la fenêtre pour leur échapper.

Sa fille Camille, cachée sur le haut d'une armoire, est figée d'horreur. Dès le départ des hommes de main, elle se sauve en chemise de nuit et chaussons.

Une alerte enlèvement est lancée. Camille est recherchée par la police et par les gangsters.

Dans le midi, à 15 ans, Clem vit seul, avec le personnel, sous l'œil de 80 caméras. Il règne en maître sur la maison, transformée en bunker imprenable par son père. Ce bunker est-il aussi impénétrable que l'on croit !